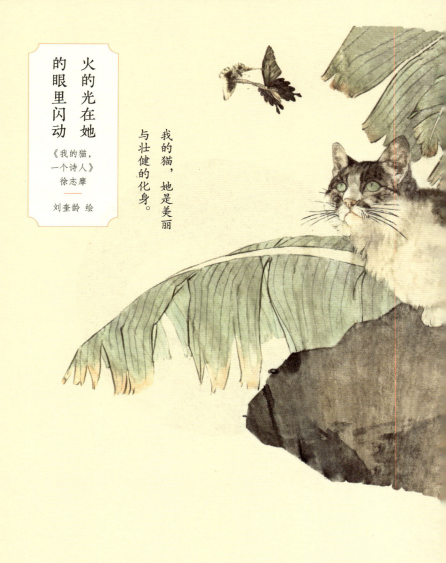

火的光在她
的眼里闪动

《我的猫，
一个诗人》
徐志摩

刘奎龄 绘

我的猫，她是美丽
与壮健的化身。

睡了起来，打了一个大呵欠的
猫的恋爱。

为了恋爱而憔
悴了么，女猫

《猫打架》
周作人

徐悲鸿 绘

同小动物在一起，
别有一番滋味

《老猫》
季羡林

任熊 绘

它们天真无邪，率性而行；
有吃抢吃，有喝抢喝……

摘花赌身轻

《猫》

靳以

齐白石 绘

那个城是古老而沉静的，到处都是树，清寂幽闭。

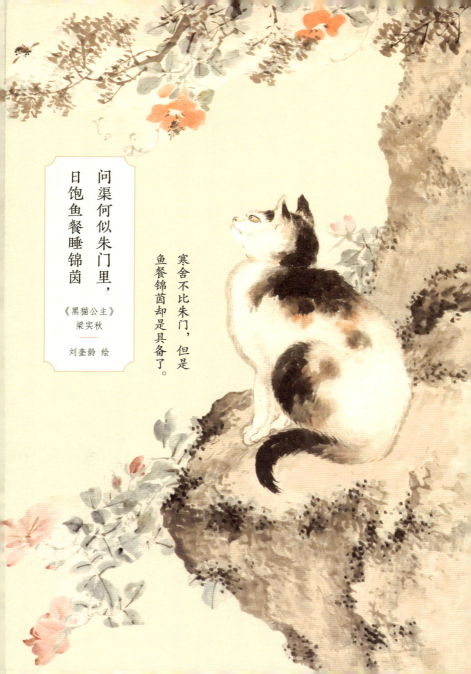

问渠何似朱门里，
日饱鱼餐睡锦茵

《黑猫公主》
梁实秋

刘奎龄 绘

寒舍不比朱门，但是鱼餐锦茵却是具备了。

其实人禽之辨，
本不必这样严

《狗·猫·鼠》
鲁迅

刘奎龄 绘

它们适性任情，对就对，错就错，不说一句分辩话。

阳光温柔，猫狗可爱

冯骥才 等 著

古吴轩出版社

图书在版编目（CIP）数据

阳光温柔，猫狗可爱 / 冯骥才等著. -- 苏州：古
吴轩出版社，2022.7（2023.2重印）
ISBN 978-7-5546-1952-0

Ⅰ.①阳… Ⅱ.①冯… Ⅲ.①散文集—中国—现代②
散文集—中国—当代 Ⅳ.①I266

中国版本图书馆CIP数据核字(2022)第091040号

责任编辑：顾　熙
见习编辑：羊丹萍
策　　划：陶栎宇
装帧设计：吴黛君

书　　名：阳光温柔，猫狗可爱
著　　者：冯骥才等
出版发行：古吴轩出版社
　　　　　　地址：苏州市八达街118号苏州新闻大厦30F
　　　　　　电话：0512-65233679　　　邮编：215123
印　　刷：河北朗祥印刷有限公司
开　　本：787×1092　1/32
印　　张：8.5
字　　数：161千字
版　　次：2022年7月第1版
印　　次：2023年2月第2次印刷
书　　号：ISBN 978-7-5546-1952-0
定　　价：52.80元

如有印装质量问题，请与印刷厂联系。022-69485800
本书部分文字作品著作权由中国文字著作权协会授权
电话：010-65978917，传真：010-65978926，E-mail：wenzhuxie@126.com

目录

I

下编

狗的眼力，总是和它的主人差不了多少

外编

认识的人越多，越喜欢
动物

附录

作家小传

听说府上有猫，
请先把它藏起来

老猫 | 季羡林

老猫虎子蜷曲在玻璃窗外窗台上一个角落里，缩着脖子，眯着眼睛，浑身一片寂寞、凄清、孤独、无助的神情。

外面正下着小雨，雨丝一缕一缕地向下飘落，像是珍珠帘子。时令虽已是初秋，但是隔着雨帘，还能看到紧靠窗子的小土山上丛草依然碧绿，毫无要变黄的样子。在万绿丛中赫然露出一朵鲜艳的红花。古诗"万绿丛中一点红"，大概就是这般光景吧。这一朵小花如火似燃，照亮了浑茫的雨天。

我从小就喜爱小动物，同小动物在一起，别有一番滋味。它们天真无邪，率性而行；有吃抢吃，有喝抢喝；不会说谎，不会推诿；受到惩罚，忍痛挨打；一转眼间，照偷不误。同它们在一起，我心里感到怡然，坦然，安然，欣然。不像同人在一起那样，应对进退、谨小慎微，斟酌词句、保持距离，感到异常的别扭。

十四年前，我养的第一只猫，就是这个虎子。刚到我家来的时候，比老鼠大不了多少。蜷曲在窄狭的室内窗台上，活动的空间好像富富有余。它并没有什么特点，仅只是一只最平常的狸猫，身上有虎皮斑纹，颜色不黑不黄，并不美观。但是异于常猫的地方也有，它有两只炯炯有神的眼睛，两眼一睁，还真虎虎有虎气，因此起名叫虎子。它脾气也确实暴烈如虎。它从来不怕任何人。谁要想打它，不管是用鸡毛掸子，还是用竹竿，它从不回避，而是向前进攻，声色俱厉。得罪过它的人，它永世不忘。我的外孙打过一次，从此结仇。只要他到我家来，隔着玻璃窗子，一见人影，它就做好准备，向前进攻，爪牙并举，吼声震耳。他没有办法，在家中走动，都要手持竹竿，以防万一，否则寸步难行。有一次，一位老同志来看我，他显然是非常喜欢猫的。一见虎子，嘴里连声说着："我身上有猫味，猫不会咬我的。"他伸手想去抚摩它，可万没有想到，我们虎子不懂什么猫味，回头就是一口。这位老同志大惊失色。总之，到了后来，虎子无人不咬，只有我们家三个主人除外，它的"咬声"颇能耸人听闻了。

但是，要说这就是虎子的全面，那也是不正确的。除了暴烈咬人以外，它还有另外一面，这就是温柔敦厚的一面。我举一个小例子。虎子来我们家以后的第三年，我又要了一只小猫。这是一只混种的波斯猫，浑身雪白，毛很长，但在额头上有一小片黑黄相间的花纹。我们家人管这只猫叫洋猫，起名咪咪；虎子则被尊为土猫。这只猫的脾气同虎子完全相反：胆小、怕人，从来没有咬过人。只有在外面跑的时候，才露出一点野性。它只要有机会溜出大门，但见它长毛尾巴一摆，像一溜烟似的立即窜入小山的树丛中，半天不回家。这两只猫并没有血缘关系。但是，不知道是由于什么原因，一进门，虎子就把咪咪看作是自己的亲生女儿。它自己本来没有什么奶，却坚持要给咪咪喂奶，把咪咪搂在怀里，让它呷自己的干奶头，它眯着眼睛，仿佛在享着天福。我在吃饭的时候，有时丢点鸡骨头、鱼刺，这等于猫们的燕窝、鱼翅。但是，虎子却只蹲在旁边，瞅着咪咪一只猫吃，从来不同它争食。有时还"咪噢"上两声，好像是在说："吃吧，孩子！安安静静地吃吧！"有时候，不管是春夏还是秋冬，虎子会从西边的小山上逮一些小动物，麻雀、蚱蜢、蝉、蛐蛐之类，用嘴叼着，蹲在家门口，嘴里发出一种怪声。这是猫语，屋里的咪咪，不管是睡还是醒，耸耳一听，立即跑到门口，馋涎欲滴，等着吃母亲带来的佳肴，大快朵颐。我们家人看到这样母子亲爱的情景，都由衷地感动，一致把虎子称作"义猫"。有一年，小咪咪生了两个小猫。大概是初做母亲，没有经验，正如我们圣人所说的那样："未有学养子而后嫁者也。"人们能很快学会，而猫们则不行。咪咪丢下小猫不管，虎子却大忙特忙起来，觉不睡，饭不吃，日日夜夜把小猫搂在怀里。但小猫是要吃奶的，而奶正是虎子所缺的。于是小猫暴躁不安，虎子眉头一皱，计上心来，叼起小猫，到处追着咪咪，要它给小猫喂奶。还真像一个姥姥样子，但是小咪咪并不领情，依旧不给小猫喂奶。有几天的时间，虎子不吃不喝，瞪着两只闪闪发光的眼睛，嘴里叼着小猫，从这屋赶到那屋；一转眼又赶了回来。小猫大概真是受不了啦，便辞别了这个世界。

我看了这一出猫家庭里的悲剧又是喜剧，实在是爱莫能助，惋惜了很久。

我同虎子和咪咪都有深厚的感情。每天晚上，它们俩抢着到我床上去睡觉。在冬天，我在棉被上面特别铺上了一块布，供它们躺卧。我有时候半夜里醒来，神志一清醒，觉得有什么东西重重地压在我身上，一股暖气仿佛透过了两层棉被，扑到我的双腿上。我知道，小猫睡得正香，即使我的双腿由于僵卧时间过久，又酸又痛，但我总是强忍着，决不动一动双腿，免得惊了小猫的轻梦。它此时也许正梦着捉住了一只耗子。只要我的腿一动，它这耗子就吃不成了，岂非大煞风景吗？

这样过了几年，小咪咪大概有八九岁了。虎子比它大三岁，十一二岁的光景，依然威风凛凛，脾气暴烈如故，见人就咬，大有死不改悔的神气。而小咪咪则出我意料地露出了下世的光景，常常到处小便，桌子上，椅子上，沙发上，无处不便。如果到医院里去检查的话，大夫在列举的病情中一定会有一条的：小便失禁。最让我心烦的是，它偏偏看上了我桌子上的稿纸。我正写着什么文章，然而它却根本不管这一套，跳上去，屁股往下一蹲，一泡猫尿流在上面，还闪着微弱的光。说我不急，那不是真的。我心里真急，但是，我谨遵我的一条戒律：决不打小猫一掌，在任何情况之下，也不打它。此时，我赶快把稿纸拿起来，抖掉了上面的猫尿，等它自己干。心里又好气，又好笑，真是哭笑不得。家人对我的嘲笑，我置若罔闻，"全等秋风过耳边"。

我不信任何宗教，也不皈依任何神灵。但是，此时我却有点想迷信一下。我期望会有奇迹出现，让咪咪的病情好转。可世界上是没有什么奇迹的，咪咪的病一天一天地严重起来。它不想回家，喜欢在房外荷塘边上石头缝里待着，或者藏在小山的树木丛里。它再也不在夜里睡在我的被子上了。每当我半夜里醒来，觉得棉被上轻飘飘的，我惘然若有所失，甚至有点悲伤了。我每天凌晨起来，第一件事情就是拿着手电到房外塘边山上去找咪咪。它浑身雪白，是很容易找到的。在薄暗中，我眼前白白地一闪，我就知道是咪咪。见了我，"咪噢"一声，起身向我走来。我把它抱回家，给它东西吃，它似乎根本没有口味。我看了直想流泪。有一次，我拖着疲惫的身子，走几里路，到海淀的肉店里去买猪肝和牛肉。拿回来，喂给咪咪，它一闻，似乎有点想吃的样子；但肉一沾唇，它立即又把头缩回去，闭上眼睛，不闻不问了。

有一天傍晚，我看咪咪神情很不妙，我预感要发生什么事情。我唤它，它不肯进屋。我把它抱到篱笆以内，窗台下面。我端来两只碗，一只盛吃的，一只盛水。我拍了拍它的脑袋，它偎依着我，"咪噢"叫了两声，便闭上了眼睛。我放心进屋睡觉。第二天凌晨，我一睁眼，三步并作一步，手里拿着手电，到外面去看。哎呀不好！两碗全在，猫影顿杳。我心里非常难过，说不出是什么滋味。我手持手电找遍了塘边，山上，树后，草丛，深沟，石缝。有时候，眼前白光一闪。"是咪咪！"我狂喜。走近一看，是一张白纸。我嗒然若丧，心头仿佛被挖掉了点什么。"屋前屋后搜之遍，几处茫茫皆不见。"从此我就失掉了咪咪，它从我的生命中消逝了，永远永远地消逝了。我简直像是失掉了一个好友，一个亲人。至今回想起来，我内心里还颤抖不止。

在我心情最沉重的时候，有一些通达世事的好心人告诉我，猫们有一种特殊的本领，能知道自己什么时候寿终。到了此时此刻，它们决不待在主人家里，让主人看到死猫，感到心烦，或感到悲伤。它们总是逃了出去，到一个最僻静、最难找的角落里，地沟里，山洞里，树丛里，等候最后时刻的到来。因此，养猫的人大都在家里看不见死猫的尸体。只要自己的猫老了，病了，出去几天不回来，他们就知道，它已经离开了人世，不让举行遗体告别的仪式，永远永远不再回来了。

我听了以后，憬然若有所悟。我不是哲学家，也不是宗教家，但却读过不少哲学家和宗教家谈论生死大事的文章。这些文章多半有非常精辟的见解，闪耀着智慧的光芒，我也想努力从中学习一些有关生死的真理。结果却是毫无所得。那些文章中，除了说教以外，几乎没有什么有用的东西。大半都是老生常谈，不能解决什么实际问题，没能给我留下深刻的印象。现在看来，倒是猫们临终时的所作所为，即使仅仅是出于本能吧，却给了我很大的启发。人们难道就不应该向猫学习这一点经验吗？有生必有死，这是自然规律，谁都逃不过。中国历史上赫赫有名的人物，秦皇、汉武，还有唐宗，想方设法，千方百计，想求得长生不老，到头来仍然是竹篮子打水一场空，只落得黄土一抔，"西风残照汉家陵阙"。我辈平民百姓又何必煞费苦心呢？一个人早死几个小时，或者晚死几个小时，甚至几天，实在是无所谓的小事，决影响不了地球的转动、社会的前进。

再退一步想，现在有些思想开明的人士，不想长生不老，不想在大地上再留黄土一抔，甚至开明到不要遗体告别，不要开追悼会。但是仍会给后人留下一些麻烦：登报，发讣告，还要打电话四处通知，总得忙上一阵。何不学一学猫们呢？它们这样处理生死大事，干得何等干净利索呀！一点痕迹也不留，走了，走了，永远地走了，让这花花世界的人们不见猫尸，用不着落泪，照旧做着花花世界的梦。

我忽然联想到我多次看过的敦煌壁画上的西方净土。所谓"净土"，指的就是我们常说的天堂、乐园，是许多宗教信徒烧香念佛，查经祷告，甚至实行苦行，折磨自己，梦寐以求想到达的地方。据说在那里可以享受天福，得到人世间万万得不到的快乐。我看了壁画上画的房子、街道、树木、花草，以及大人、小孩，林林总总，觉得十分热闹。可我觉得没有什么出奇之处。只有一件事给我留下了永不磨灭的印象，那就是，那里的人们都是笑口常开，没有一个人愁眉苦脸，他们的日子大概过得都很惬意。不像在我们人间有这样许多不如意的事情，有时候办点事，还要找后门，钻空子。在他们的商店里——净土里面还实行市场经济吗？他们还用得着商店吗？——售货员大概都很和气，不给人白眼，不训斥"上帝"，不扎堆闲侃，不给人钉子碰。这样的天堂乐园，我也真是心向往之的。但是给我印象最深，使我最为吃惊或者羡慕的还是他们对待要死的人的态度。那里的人，大概同人世间的猫们差不多，能预先知道自己寿终的时刻。到了此时，要死的老嬷嬷或者老头，健步如飞地走在前面，身后簇拥着自己的子子孙孙、至亲好友，个个喜笑颜开，全无悲戚的神态，仿佛是去参加什么喜事一般，一直把老人送进坟墓。后事如何，壁画不是电影，是不能动的。然而画到这个程度，以后的事尽在不言中。如果一定要画上填土封坟，反而似乎是多此一举了。我觉得，净土中的人们给我们人类争了光。他们这一手比猫们又漂亮多了。知道必死，而又兴高采烈，多么豁达！多么聪明！猫们能做得到吗？这证明，净土里的人们真正参透了人生奥秘，真正参透了自然规律。人为万物之灵，他们为我们人类在同猫们对比之下真真增了光！真不愧是净土！

上面我胡思乱想得太远了，还是回到我们人世间来吧。我坦白承认，我对人生的奥秘参透得还不够，我对自然规律参透得也还不够。我仍然十分怀念我的咪咪。我心里仿佛有一个空白，非填起来不行。我一定要找一只同咪咪一模一样的白色波斯猫。后来果然朋友又送来了一只，浑身长毛，洁白如雪，两只眼睛全是绿的，亮晶晶像两块绿宝石。为了纪念死去的咪咪，我仍然为它命名"咪咪"，见了它，就像见到老咪咪一样。

过了大约又有一年的光景，友人又送了我一只据说是纯种的波斯猫，两只眼睛颜色不同，一黄一蓝。在太阳光下，黄的特别黄，蓝的特别蓝，像两颗黄蓝宝石，闪闪发光，竞妍争艳。这只猫特别调皮，简直是胆大无边，然而也因此就更特别可爱。这一下子又忙坏了虎子，它认为这两只小猫都是自己的亲生女儿，硬逼着它们吮吸自己那干瘪的奶头。只要它走出去，不知在什么地方弄到了小鸟、蚱蜢之类，就带回家来，给两只小猫吃。好久没有听到的"咪噢"唤小猫的声音，现在又听到了。我心里漾起了一丝丝甜意。这大大地减轻了我对老咪咪的怀念。

可是岁月不饶人，也不会饶猫的。这一只"土猫"虎子已经活到十四岁。据通达世情的人们说，猫的十四岁，就等于人的八九十岁。这样一来，我自己不是成了虎子的同龄"人"了吗？这个虎子却也真怪。有时候，颇现出一些老相。两只炯炯有神的眼睛里忽然被一层薄膜蒙了起来，嘴里流出了哈喇子，胡子上都沾得亮晶晶的。不大想往屋里来，日日夜夜趴在阳台上蜂窝煤堆上，不吃，不喝。我有了老咪咪的经验，知道它快不行了。我也跑到海淀，去买来牛肉和猪肝，想让它不要饿着肚子离开这个世界。我随时准备着：第二天早晨一睁眼，虎子不见了。结果虎子并没有这样干。我天天凌晨第一件事就是来看虎子；隔着窗子，依然黑糊糊的一团，卧在那里。我心里感到安慰。有时候，它也起来走动了。我在本文开头时写的就是去年深秋一个下雨天我隔窗看到的虎子的情况。

到了今天，半年又过去了。虎子不但没有走，而且顽健胜昔，仍然是天天出去。有时候在晚上，窗外的布帘子的一角蓦地被掀了起来，一个丑角似的三花脸一闪。我便知道，这是虎子回来了，连忙开门，放它进来。大概同某一些老年人一样——不是所有的老年人——到了暮年就改恶向善，虎子的脾气大大地改变了，几乎再也不咬人了。我早晨摸黑起床，写作看书累了，常常到门外湖边山下去走一走。此时，我冷不防脚下忽然踢着了一团软乎乎的东西。这是虎子。它在夜里不知道在什么地方待了一夜，现在看到了我，一下子窜了出来，用身子蹭我的腿，在我身前和身后转悠。它跟着我，亦步亦趋，我走到哪里，它就跟到哪里，寸步不离。我有时故意爬上小山，以为它不会跟来了，然而一回头，虎子正跟在身后。猫是从来不跟人散步的，只有狗才这样干。有时候碰到过路的人，他们见了这情景，都大为吃惊。"你看猫跟着主人散步哩！"他们说，露出满脸惊奇的神色。最近一个时期，虎子似乎更精力旺盛了，它返老还童了。有时候竟带一个它重孙辈的小公猫到我们家阳台上来。"今夜我们相识。"虎子用不着介绍就相识了。看样子，虎子一去不复返的日子遥遥无期了。我成了拥有三只猫的家庭的主人。

我养了十几年猫，前后共有四只。猫们向人们学习什么，我不通猫语，无法询问。我作为一个人却确实向猫学习了一些有用的东西。上面讲过的对处理死亡的办法，就是一个例子。我自己毕竟年纪已经很大了，常常想到死的问题。鲁迅五十多岁就想到了，我真是瞠乎后矣。人生必有死，这是无法抗御的。而且我还认为，死也是好事情。如果世界上的人都不死，连我们的轩辕老祖和孔老夫子今天依然峨冠博带，坐着奔驰车，到天安门去遛弯，你想人类世界会成一个什么样子！人是百代的过客，总是要走过去的，这决不会影响地球的转动和人类社会的进步。每一代人都只是一场没有终点的长途接力赛的一环。前不见古人，后不见来者，是宇宙常规。人老了要死，像在净土里那样，应该算是一件喜事。老人跑完了自己的一棒，把棒交给后人，自己要休息了，这是正常的。不管快慢，他们总算跑完了一棒，总算对人类的进步做出了贡献，总算尽上了自己的天职。年老了要退休，这是身体精神状况所决定的，不是哪个人能改变的。老人们会不会感到寂寞呢？我认为，会的。但是我却觉得，这寂寞是顺乎自然的，从伦理的高度来看，甚至是应该的。我始终主张，老年人应该为青年人活着，而不是相反。青年人有接力棒在手，世界是他们的，未来是他们的，希望是他们的。吾辈老年人的天职是尽上自己仅存的精力，帮助他们前进，必要时要躺在地上，让他们踏着自己的躯体前进，前进。如果由于害怕寂寞而学习《红楼梦》里的贾母，让一家人都围着自己转，这不但是办不到的，而且从人类前途利益来看是犯罪的行为。我说这些话，也许有人怀疑，我是不是碰到了什么不如意的事，才说出这样令某些人骇怪的话来。不，不，决不。我现在身体顽健，家庭和睦，在社会上广有朋友，每天照样读书、写作、会客、开会不辍。我没有不如意的事情，也没有感到寂寞。不过自己毕竟已逾耄耋之年，面前的路有限了，不免有时候胡思乱想。而且，我同猫们相处久了，觉得它们有些东西确实值得我们学习，我们这些万物之灵应该屈尊一下，学习学习。即使只学到猫们处理死亡大事这一手，我们社会上会减少多少麻烦呀！

"那么，你是不是准备学习呢？"我仿佛听到有人这样质问了。是的，我心里是想学习的。不过也还有些困难。我没有猫的本能，我不知道自己的大限何时来到。而且我还有点担心，如果我真正学习了猫，有一天忽然偷偷地溜出了家门，到一个旮旯里、树丛里、山洞里、河沟里，一头钻进去，藏了起来，这样一来，我们人类社会可不像猫社会那样平静，有些人必然认为这是特大新闻，指手画脚，喊喊喳喳。如果是在旧社会里的话，这必将成为头版头条的爆炸性新闻，不亚于当年的杨乃武和小白菜。我的亲属和朋友也必将派人出去寻找，派的人也许比寻找彭加木的人还要多。这是多么可怕的事呀！因此我就迟疑起来。至于最后究竟何去何从？我正在考虑、推敲、研究。

刘家猫园

席慕蓉

我们刘家猫园与暹罗猫结缘甚早。

最早来的那一只在十几二十年前，名字叫作"爷爷猫"。其实，它一开始的名字只是"猫咪"而已，变成爷爷猫是后来的事。

那时候家在农村，孩子们还很小，猫狗绝对不能进到屋子里面来，不过丈夫还是有办法在车房或者墙头收留一些流浪猫。有的很惹人怜爱，可是，有的实在是奇形怪状又品行不良，让我心里逐渐累积出对"纯种"及"优雅"的渴望来。

有一天，我正在一间拥挤的店里对着一只灰蓝色的波斯猫发呆，忽然觉得有人从后面轻拍了几下我右边的肩膀，转过头来，发现和我打招呼的竟然不是人，而是一只暹罗猫。

它从堆放在高处的笼子里伸出前脚来拍我，等我一转身，它的脚还在笼外，就迫不及待地向我咪咪地欢叫起来，我不能不明白它的意思："嗨！看看我罢！带我回家好不好？"

当然好！

用这样热烈又积极的态度来向我提要求的猫，我是第一次见到！真是受宠若惊。而且，它的价钱比波斯猫低了很多，刚好又符合我们刘家猫园的原则，于是，我们欢欢喜喜领养了它。

到了家后，它老兄也不怕生，几乎可以说是"如鱼得水"。（写到这里，不禁会觉得中国文人从前爱猫的一定不多，要不怎么会找不出"如猫得鱼、得鸟、得蚱猛……"或者"如猫爬树跳远贴地而卧……"之类的文辞来形容它们饱满的心情呢？）

孩子小，再优雅的猫也不能进房间。它也安心地睡在车房内，一日三餐供应无缺之外，还可以偶尔在墙头树下摘些野味，困了就躺在夏天阴凉、冬天温暖的地方睡大觉。

有一天，从比利时来了两个好朋友，他们看见这只大猫就在门前落叶堆积的阳沟里袒腹高卧，呼呼大睡，不禁说了我们几句："我妹妹家的暹罗猫像公主一样，一定要在沙发椅的丝绒垫子上才能睡得好，你们这只怎么这么可怜！睡在水沟里。"

可怜吗？我倒不以为然。说真的，我还有点羡慕它呢。正是秋高气爽，躺在堆得满满的干燥的落叶上晒着太阳，又有保障又有自由，退可守进可攻的，有什么不好？

这样的生活过久了，它隐隐练出一种不同的风范来，又豪侠又有点江湖气，因此颇有人缘和猫缘。还曾经到城里去和朋友的美女猫结了一次婚，住了几天。后来发现这位大侠又有跳蚤又有寄生虫之后，就匆匆忙忙还给我们，幸好任务已经完成，也就此告辞了。

有位兽医朋友告诉我们，暹罗猫是最爱跟人玩的，比较不怕生，因为它以为自己是狗。

问题就出在这，由于它太近人了，每天都会站在车房门口迎送小朋友上下学，就有两次被人抱走的纪录。第一次是失踪了几天后，自己逃跑回来，脖子上还绑着红色的塑料绳子；第二次是刚好被我看见，一出声呼叫，那个孩子赶快从怀中松手，红着脸跑了。第三次被抱走之后，就再也没有回来过。

孩子们非常伤心，放学以后就联合同学到后山的山坡上，往每一家的门缝和墙头上望进去，一边还咪咪地叫着，希望能把它找回来，不过，这次是再也没有这么好的运气了。

眼看着孩子那么伤心，我只好想点办法，打电话给朋友，她说："我们这里有你们那只猫咪的孙子，要不要抱一只回去？"

孙子猫体形比较娇小，和它的爷爷猫唯一相像的地方就是爱去兜风。开始的时候是坐在我们脚踏车前座的篮子里，任由我们在大街小巷里穿行，让风把颈部耳后的细毛吹得蓬蓬松松的，它的双眼细眯，嘴角带笑，乐此不疲。

后来也不知道是哪一天，我从新竹回来，乳黄色的福特车刚开进巷口，它就跳了上来，就坐在车子正前方的引擎盖上，好像是要我带它去兜风的样子。我半信半疑地用最低速在我们家附近的巷子里转一转，这位老兄竟然一直保持着相同的姿势跟着我绕了一圈。

从此以后，那变成我回家时的仪式，永远不知道它在哪里等着我，但是，只要车子一减速进了巷口，就会有个小飞侠跳到我的车盖上来，有时候看我停住不动，还会回头来瞄我一眼，那意思是说："嗨！怎么不开车呢？"

可惜的是，它的命运也和它爷爷的命运一样，被人抱走以后，从此没再回来。为了安慰孩子，我说抱走它的人一定会像我们一样爱它，所以，小飞侠应该会很幸福的，我们就不要再惦念它了。

可是，有谁知道我心里有多么想念它呢？这只乖巧灵慧的小猫，曾经伴我度过了多少美丽的夏夜，我们共乘一辆脚踏车，曾经看过多少次满满的月光，闻过多少人家庭园里的栀子或者茉莉的花香，我实在是非常非常地想念它啊！

黑猫公主

梁实秋

　　白猫王子今年四岁，胖嘟嘟的，体重在十斤以上，我抱它上下楼两臂觉得很吃力，它吃饱伸直了躯体侧卧在地板上足足两尺开外（尾巴不在内）。没想到四年的工夫它有这样长足的进展。高信疆、柯元馨伉俪来，说它不像是猫，简直是一头小豹子。按照猫的寿命年龄，四岁相当于我们人类弱冠之年，也许不会再长多少了吧。

　　白猫王子饱食终日，吃饱了洗脸，洗完脸倒头大睡。家里没有老鼠可抓，它无用武之地。凭着嗅觉，它不放过一只蟑螂，见了蟑螂就紧迫追踪，又想抓又害怕，等到菁清举起苍蝇拍子打蟑螂时，它又怕殃及池鱼，藏到一个角落里去了。我们晚间外出应酬，先把它的晚餐备好，鲜鱼一钵，清汤一盂，然后给它盖上一床被毯，或是给它搭一个蒙古包似的帐篷。等我们回家的时候，它依然蜷卧原处。那床被毯颇适合它的身材。菁清在一个专卖儿童用物的货柜上选购那被毯的时候，精挑细选，不是嫌大就是嫌小，店员不耐烦地问："几岁了？"菁清说："三岁多。"店员说："不对，不对，三岁这个太小了。"菁清说："是猫。"店员愣住了，她没卖过猫被。陆放翁《赠粉鼻》诗有句："问渠何似朱门里，日饱鱼餐睡锦茵。"寒舍不比朱门，但是鱼餐锦茵却是具备了。

白猫王子足不出户，但在江湖上已薄有小名。修漏的工人、油漆的工人、送货的工人，看见猫蹲在门口，时常指着它问："是白猫王子吧？"我说是，他就仔细端详一番，夸奖几句。猫并不理会，大摇大摆而去。猫若是人，应该说声谢谢。这只猫没有闲事挂心头，应该算是幸福的，只是没有同类的伴侣，形单影只，怕不免寂寞之感。菁清有一晚买来一只泰国猫，一身棕色毛，小脸乌黑，跳跳蹦蹦，十分活跃，菁清唤它作"小太妹"。白猫王子也许是以为非我族类其心必异，相处似不投机，双方都常呜呜地吼，作蓄势待发状。虽然是两个恰恰好，双份的供养还是使人不胜负荷。我取得菁清同意，决计把"小太妹"举以赠人。陈秀英的女儿乐滢爱猫如命，遂给她带走了。自此白猫王子一直是孤家寡人一个。

有一天，我们居住的大厦门前有两只小猫光临，一白一黑，盘旋不去，瘦骨嶙嶙，蓬首垢面，不知是谁家遗弃的。夜寒风峭，十分可怜。菁清又动了恻隐之心。"我们给抱上来吧？"

我说："不，家里有两只猫，将要喧宾夺主。"菁清一声不响端着白猫王子吃剩的鱼加上一点米饭送到楼下去了。两只猫如饿虎扑食，一霎间风卷残雪，她顾而乐之。于是由一天送鱼一次，而二次，而三次，而且抽暇给两只猫用干粉洁身。我不由自主地也参加了送猫饭的行列。人住十二层楼上，猫在道边门口，势难长久。其中黑的一只，两只大蓝眼睛，白胡须，两排白牙，特别讨人欢喜。好不容易我们给黑猫找到了可以信赖的归宿。我们认识的廖先生，他和家人都爱猫，于是菁清把黑猫装在提笼里交由廖先生携去。事后菁清打了两次电话，知道黑猫情况良好，也就放心了。只剩下一只白猫独自卧在门口。看样子它很忧郁，突然失去伴侣当然寂寞。

事有凑巧，不知从哪里又来了一只小黑猫。这只小黑猫大概有六个月，看牙齿就可以知道。除了浑身漆黑之外，四爪雪白，胸前还有一块白斑，据说这种猫名为"踏雪寻梅"，还蛮有名堂的。本地有些人认为黑猫不吉利。在外国倒是有此一说，以为黑猫越途，不吉。埃德加·爱伦·坡有一篇恐怖小说，题名就是《黑猫》，这篇小说我没读过，不知黑猫在里面扮的是什么角色。无论如何，白猫又有了伴侣，我们楼上楼下一天三次照旧喂两只猫，如是者约两个星期。

有一晚，菁清面色凝重地对我说："楼下出事了！"我问何事惊慌，她说据告白猫被汽车轧死了。生死事大，命在须臾，一切有情莫不如此，只是这只白猫刚刚吃饱几天，刚刚洗过一两次，刚刚失去一黑猫又得到一黑猫为伴，却没来由地粉身碎骨死在车轮之下！我半晌无语，喉头好像有梗结的感觉。缘尽于此，没有说的。菁清又徐徐地说："事已到此，我别无选择，把小猫抱上来了。"好像是若不立刻抱上来，它也会被车碾死。在这情形之下，我也不能反对了。

"猫在哪里？"

"在我的浴室里。"

我走进去一看，黑暗的角落里，两只黄色的亮晶晶的眼睛在闪亮，再走近看，白须、白下巴颏儿、白爪子，都显露出来了。先喂一钵鱼，给它压压惊。我们决定暂时把它关在一间浴室里，驯服它的野性，择吉再令它和白猫王子见面。菁清问我："给它起个什么名字呢？"我想不出。她说："就叫黑猫公主吧。"

梁实秋

白猫王子五岁

　　五年前的一个夜晚，菁清从门外檐下抱进一只小白猫，时蒙雨凄其，春寒尚厉。猫进到屋里，仓皇四顾，我们先飨以一盘牛奶，他舔而食之。我们揩干了他身上的雨水，他便呼呼地倒头大睡。此后他渐渐肥胖起来，菁清又不时把他刷洗得白白净净，戏称之为白猫王子。

　　他究竟生在哪一天，没人知道，我们姑且以他来我家的那一天定为他的生日（三月三十日），今天他五岁整，普通猫的寿命据说是十五六岁，人的寿命则七十就是古稀之年了，现在大概平均七十。所以猫的一岁在比例上可折合人的五岁。白猫王子五岁相当于人的二十五岁，正是青春旺盛的时候。

　　凡是我们所喜欢的对象，我们总会觉得他美。白猫王子并不一定是怎样的美丰姿，可是他眉清目秀，蓝眼睛、红鼻头、须眉修长，而又有一副楚楚可怜的样子。腰臀一部分特别硕大，和头部不成比例，腹部垂腴，走起来摇摇摆摆，有人认为其状不雅，我们不以为嫌。去年七月二十日报载："二十四日在美国佛罗里达州巴马布耳所举行的一九八一年'全美迷人小猫竞赛'中，一只名叫邦妮贝尔的小猫得了首奖。可是他虽然顶着后冠，却不见得很高兴。"高兴不是猫，是猫的主人。我们不会教白猫王子参加任何竞赛，他已经有了王子的封号，还急着需要什么皇冠？他就是我们的邦妮贝尔。

刘克庄有一首《诘猫诗》，有句云：

饭有溪鱼眠有毡，忍教鼠啮案头书？

我们从来没有要求过猫做什么事。他吃的不只是溪鱼，睡的也不只是毛毡，我们的住处没有鼠，他无用武之地，顶多偶然见了蟑螂而惊叫追逐，菁清说这是他对我们的服务。我们吃饭的时候他常蹲在餐桌上，虎视眈眈，但是他不伸爪，顶多走近盘边闻闻。喂他几块鱼虾鸡鸭之类，他浅尝辄止。他从不偷嘴。他吃饱了，抹抹脸就睡，弯着腰睡，趴着睡，仰着睡，有时候爬到我们床上枕着我们的臂腿睡。他有二十六七磅重，压得人腿脚酸麻。我们外出，先把他安顿好，鱼一钵，水一盂，有时候给他盖一床被，或是搭一个篷。等我们回来，门锁一响，他已窜到门口相迎。这样，他便已给了我们很大的满足。

　　"花如解语还多事，石不能言最可人。"猫相当的解语，我们喊他一声"猫咪！""胖胖！"，他就喵的一声。我耳聋，听不见他那细声细气的一声喵，但是我看见他一张嘴，腹部一起落，知道他是回答我们的招呼。他不会说话，但是菁清好像略通猫语，她能辨出猫的几种不同的鸣声。例如：他饿了，他要人给它开门，他要人给他打扫卫生设备，他因寂寞而感到烦躁，都有不同的声音发出来。无论有什么体己话，说给他听，或是被他听见，他能珍藏秘密不泄露出去。不过若是以恶声叱责它，他是有反应的，他不回嘴，他转过身去趴下，作无奈状。

　　有人不喜欢猫。我的一位朋友远道来访，先打电话来说："听说府上有猫，请先把他藏起来，我怕猫。"真的，有人一见了猫就会昏倒。有人见了老鼠也会昏倒，何况猫？据《民生报》的一篇文章报导，法国国王亨利三世一见到猫就会昏倒。法国国王查理九世时的大诗人龙沙有这样的诗句：

　　　　当今世上

　　　　谁也没我那么厌恶猫

　　　　我厌恶猫的眼睛、脑袋，还有凝视的模样

　　　　一看见猫，我掉头就跑

人之好恶本不相同。我不否认猫有一些短处，诸如倔强、自尊、自私、缺乏忠诚等等。不过，猫，和人一样，总不免有一点脾气，一点自私，不必计较了。家里有装潢、有陈设、有家具、有花草，再有一只与虎同科的小动物点缀其间来接受你的爱抚，不是很好么？

菁清对于苦难中小动物的怜悯心是无止境的，同时又觉得白猫王子太孤单，于是去年又抱进来一个小黑猫。这个"黑猫公主"性格不同，活泼善斗、体态轻盈、白须黄眼，像是平剧中的"开口跳"。两只猫在一起就要斗，追逐无已时。不得已，我们把黑猫关在笼子里，或是关在一间屋里，实行黑白隔离政策。可是黑猫隔着笼子还要伸出爪子撩惹白猫，白猫也常从门缝去逗黑猫。相见争如不见，无情还似有情。我想有一天我们会逐渐解除这个隔离政策的。

白猫倏已五岁，我们缘分不浅，同时我亦不免兴起春光易老之感。多少诗人词人唤取春留驻，而春不肯留！我们只好"片时欢笑且相亲"，愿我的猫长久享受他的鱼餐锦被，吃饱了就睡，睡足了就吃。

白猫王子九岁

梁实秋

　　有人问我为什么喜爱猫，我一时答不上来。我们喜爱一件事物，往往不是先有一套理由，然后去爱，即使不是没有理由，也往往是不自觉其理由之所在。不过经人问起，就不免要想出一些理由来支持自己的行为。总不能以"本能"二字来推托得一干二净。

　　我是爱猫，凡是小动物大抵都可爱。小就可爱。小鸟依人，自然楚楚可怜，"一飞冲天鸣则惊人"的大鸟，令人欣赏，并不可爱。赢得无数儿童喜爱的大象林旺，恐怕谁也不想领它回家朝夕与共。小也有小的限度，如果小得像赵飞燕之能做掌上舞，那个掌恐怕也不是寻常的掌。不过一般而论，娇小玲珑总胜似高头大马。猫，体态轻盈，不大不小，不像一只白象，也不像一只老鼠，它可以和人共处一室之内，它可以睡在椅上，趴在桌上，偎在人的怀里，枕在人的腿上。你可以抱它、摸它、搔它、拍它；它不咬人，也不叫唤，只是喉咙里呜噜呜噜地作响。叫春的声音是不太好听，究竟是有季节性的，并不一年到头随时随刻地"关关雎鸠"。猫有一身温柔泽润的毛，像是不分寒暑永远披在身上的一件皮袍，摸上去又软又滑，就像摸什么人身上穿的一件貂裘似的。

白猫王子初来我家，身不盈尺，栗栗危惧，趴在沙发底下不敢出来，如今长得大腹便便，怡然自若，周旋于宾客之间。时间过得真快，猫犹如此，人何以堪？它现在是有一点老态。据我看，它的健身运动除了睡醒弓身作骆驼状之外，就是认定沙发的几个角柱狠命地抓挠，磨它的爪子，日久天长，把沙发套抓得稀巴烂，把里面的沙发面也抓得稀巴烂，露出了里面装的败絮之类。不捉老鼠，磨爪做啥？也许这就是它的运动。有的人家知道猫的本性难移，索性在它磨砺以须的地方挂上一块皮子。我家没有此装饰，由它去抓。猫一生能抓破几套沙发？

日本人好像很爱猫，去年一部电影《子猫物语》掀起一阵爱猫风潮之后，银座一家百货公司举行"世界猫展"。不消说，埃及猫、南美猫、波斯猫、日本猫全登场了。最有趣的是，不知是过度的自尊感还是自卑感在作祟，硬把日本猫推为第一，并且名之为"日本第一"。我看它的那副尊容，长毛大眼，短腿小耳，怕不是什么纯种。不过我也承认那只猫确是很好看。白猫王子不以色事人，我也不会要它抛头露面地参加展览。它只是一只道道地地的土猫。老早有人批评，说它头太小，体太大，不成比例。我也承认它没有什么三围可夸。它没有波斯猫的毛长，也没有泰国猫的毛细。但是它伴我这样久，我爱它，虽世界第一的名猫不易也。

今天是白猫王子九岁生日，循例为文祝它长寿。

小花

梁实秋

小花子本是野猫，经菁清留养在房门口处，起先是供给一点食物一点水，后来给他一只大纸箱作为他的窝，放在楼梯拐角处，终乃给他买了一只孩子用的鹅绒被袋作为铺垫，而且给他设了一个沙盆逐日换除洒扫。从此小花子就在我们门前定居，不再到处晃荡，活像《鸿鸾禧》里的叫花子，喝完豆汁儿之后甩甩袖子连呼："我是不走的了啊，我是不走的了啊！"

彼此相安，没有多久。

有一天我回家看见菁清抱着小花子在房间里踱来踱去，我惊问："他怎么登堂入室了？"我们本来约定不许他越雷池一步的。

"外面风大，冷，你不是说过猫怕冷吗？"

我是说过，猫是怕冷。结果让他在室内暖和了一阵，仍然送到户外。看着他在寒风里缩成一团偎在纸箱里，我心里也有些不忍。

再过些时，有一天小花子不见了，整天都没回来就食，不知他云游何处去了。一天两天过去，杳无消息。他虽是野猫，我们对他不只有一饭之恩，当然甚是牵挂。每天打开门看看，猫去箱空，辄为黯然。

忽然有一天他回来了。浑身泥污，而且沾有血迹。他的嘴里挂着血淋淋的一块肉似的东西，像是碎裂的牙肉。菁清赶快把他抱起，洗刷一下，在身上有血迹处涂了紫药水，发现它的两颗虎牙没有了，满嘴是血。我们不知他遭遇了什么灾难，落得如此狼狈。菁清取出一个竹笼，把他装了进去，骑车直奔国际猫狗专科病院辜仲良（泰堂）先生处。辜大夫说，他的牙被人敲断了，大量出血，被人塞进几团药棉花，他在身上乱舔所以到处有血迹。于是给他打针防破伤风，注射消炎剂，清洗口腔，取出药棉花，涂药。菁清抱他回来，说："看他这个样子，今天不要教他在门外睡了吧。"我还有什么话说。于是小花进了家门，睡在属于黑猫公主的笼子里。黑猫公主关在楼上寝室里。三猫隔离，各不相扰。这是临时处置，我心想过一两天还是要放小花子到门外去的。

但是没想到第二天菁清又有了新发现，她告诉我说，在她掰开猫嘴涂药时发觉猫的舌头短了一大截，舌尖不见了。大概是牙被敲断时，被人顺手把舌头也剪断了。菁清要我看，我不敢看。我不知道他犯了什么大过，受此酷刑。我这才明白为什么每次喂他吃鱼总是吃得盘里盘外狼藉不堪，原来他既无门牙又缺半截舌头。世界上是有厌猫的人。据说，拿破仑就厌恶猫，在某次战役中，有个侍从走过拿破仑的卧房时，突然听到这位法国皇帝在呼救。他打开房门一看，拿破仑的衣服才穿到一半，满头大汗，用剑猛刺绣帷，原来他是在追杀一只小猫。美国的艾森豪威尔总统也恨猫，并在盖茨堡家中的电视机旁，备有一支鸟枪打击乌鸦。此外他还下令，周遭若出现任何猫，格杀勿论。英文里有一个专门名词，称厌恶猫者为 ailurophobe。我想我们的小花子一定是在外游荡时遇到了一位厌猫者，被敲掉门牙剪断舌头还算是便宜了他。

菁清说，这猫太可怜，并且历数他的本质不恶，天性很乖，体态轻盈，毛又细软，但是她就没有明白表示要长期收养他的意思。我也没有明白表示我要改变不许他进门的初衷。事实逐步演变，他已成了我们家庭的一员。菁清奉献刷毛挖耳剪指甲全套服务，还不时地把他抱在怀里亲了又亲。我每星期上集市买鱼也由七斤变为十斤。煮鱼摘刺喂食的时候，也由准备两盘改为三盘。

"米已熟了，只欠一筛。"最后菁清画龙点睛似的提出了一个话题。"这猫已不像是一只野猫了，似不可再把他当作街头浪子，也不再是小叫花子，我们把'小花子'的名字里的'子'字取消，就叫他'小花'吧。"

我说"好吧"。从此名正言顺，小花子成了小花。我担心的是以后是否还有二花三花闻风而至。

猫的故事

梁实秋

猫很乖，喜欢偎傍着人；有时候又爱蹭人的腿，闻人的脚。唯有冬尽春来的时候，猫叫春的声音颇不悦耳。呜呜的一声一声的吼，然后突然的哇咬之声大作，唏哩哗喇的，铿天地而动神祇。这时候你休想安睡。所以有人不惜昏夜起床持大竹竿而追逐之。祖传有一位和尚作过这样的一首诗："猫叫春来猫叫春，听他愈叫愈精神。老僧亦有猫儿意，不敢人前叫一声。"这位师父富同情心，想来不至于抡大竹竿子去赶猫。

我的家在北平的一个深巷里。有一天，冬夜荒寒，卖水萝卜的，卖硬面饽饽的，都过去了，除了值更的梆子遥远的响声，可以说是万籁俱寂。这时候屋瓦上噪的一声，猫叫了起来，时而如怨如诉，时而如诟如詈，然后一阵跳踉，窜到另外一间房上去了，往返跳跃，搅得一家不安。如是者数日。

北平的窗子是糊纸的，窗棂不宽不窄正好容一只猫儿出入，只消它用爪一划即可通往无阻。在春暖时节，有一夜，我在睡梦中好像听到小院书房的窗纸响，第二天发现窗棂上果然撕破了一个洞，显然是有野猫钻了进去。大概是饿极了，进去捉老鼠。我把窗纸补好，不料第二天猫又来，仍从原处出入，这就使我有些不耐烦，一之已甚，岂可再乎？第三天又发生同样情形，而且把书桌书架都弄得凌乱不堪，书桌上印了无数的梅花印，我按捺不住了。我家的厨师是一个足智多谋的人，除了调和鼎鼐之外还贯通不少的左道旁门，他因为厨房里的肉常常被猫拖拉到灶下，鱼常被猫叼着上了墙头，怀恨于心，于是殚智竭力，发明了一个简单而有效的捕猫方法。他用铁丝一根，在窗棂上猫经常出入之处钉一个铁钉，铁丝一端系牢在铁钉之上，另一端在铁丝上做一活扣，使铁丝作圆箍形，把圆箍伸缩到适度放在窗棂上，便诸事完备，静待活捉。猫窜进屋的时候前腿伸入之后身躯势必触到铁丝圆箍，于是正好套在身上，活生生悬在半空，愈挣扎则圆箍愈紧。厨师看我为猫所苦无计可施，遂自告奋勇为我在书房窗上装置了这么一个机关。我对他起初并无信心，姑妄从之。但是当天夜里居然有了动静，早晨起来一看，一只瘦猫奄奄一息的赫然挂在那里！

厨师对于捉到的猫向来执法如山，不稍宽假，我看了猫的那副可怜相直为它缓颊。结果是从轻发落予以开释，但是厨师坚持不能不稍予膺惩，即在猫身上用原来的铁丝系上一只空罐头，开启街门放它一条生路。只见猫一溜烟似的唏哩哗喇的拖着罐头绝尘而去，像是新婚夫妻的汽车之离教堂去度蜜月。跑得愈快，罐头响声愈大，猫受惊乃跑得更快，惊动了好几条野狗跟在后面追赶，黄尘滚滚，一瞬间出了巷口往北而去。它以后的遭遇如何我不知道，我心想它吃了这个苦头以后绝对不会再光顾我的书房。窗户纸重新糊好，我准备高枕而眠。

当天夜里，听见铁罐响，起初是在后院砖地上哗啷哗啷的响，随后像是有东西提着铁罐猱升跨院的枣树，终乃在我的屋瓦上作响。屋瓦是一垄一垄的，中有小沟，所以铁罐越过瓦垄的声音是格登格登的清晰可辨。我打了一个冷战：难道是那只猫的阴魂不散？它拖着铁罐子跑了一天，藏躲在什么地方，终于黉夜又复光临寒舍，我家究竟有什么东西值得使它这样的念念不忘？

哗啷一声，铁罐坠地，显然是铁丝断了。几乎同时，噗的一声，猫顺着我窗前的丁香树也落了地。它低声的呻吟了一声，好像是初释重负后的一声叹息。随后我的书房窗纸又撕破了——历史重演。

这一回我下了决心，我如果再度把它活捉，要用重典，不是系一个铁罐就能了事。我先到书房里去查看现场，情况有一些异样，大书架接近顶棚最高的一格有几本书散落在地上。倾耳细听，书架上有呼噜呼噜的声音。怎么猫找到了这个地方来酣睡？我搬了高凳爬上去窥视，直吓了一大跳，原来是那只瘦猫拥着四只小猫在喂奶！

四只小猫是黑白花的，咕咕容容的在猫的怀里乱挤，好像眼睛还没有睁开，显然是出生不久。在车船上遇到有妇人生产，照例被视为喜事，母子好像都可以享受好多的优待。我的书房里如今喜事候门，而且一胎四个，原来的一腔怒火消去了不少。天地之大德曰生，这道理本该普及于一切有情。猫为了它的四只小猫，不顾一切地冒着危险回来喂奶，伟大的母爱实在是无以复加！

猫见秘密被我发现，感觉安全受了威胁，一夜的工夫它把四只小猫都叼离书房，不知运到什么地方去了。

白象 | 丰子恺

白象是我家的爱猫，本来是我的次女林先家的爱猫，再本来是段老太太家的爱猫。

抗战初，段老太太带了白象逃难到大后方。胜利后，又带了它复员到上海，与我的次女林先及吾婿宋慕法邻居。不知为了什么原因，段老太太把白象和它的独子小白象寄交林先、慕法家，变成了他们的爱猫。我到上海，林先、慕法又把白象寄交我，关在一只无锡面筋的笼里，上火车，带回杭州，住在西湖边上的小屋里，变成了我家的爱猫。

白象真是可爱的猫！不但为了它浑身雪白，伟大如象，又为了它的眼睛一黄一蓝，叫作"日月眼"。它从太阳光里走来的时候，瞳孔细得几乎没有，两眼竟像话剧舞台上所装置的两只光色不同的电灯，见者无不惊奇赞叹。收电灯费的人看见了它，几乎忘记拿钞票；查户口的警察看见了它，也暂时不查了。

白象到我家后，慕法、林先常写信来，说段老太太已迁居他处，但常常来他们家访问小白象，目的是探问白象的近况。我的幼女一吟，同情于段老太太的离愁，常常给白象拍照，寄交林先转交段老太太，以慰其相思。同时对于白象，更增爱护。每天一吟读书回家，或她的大姐陈宝教课回家，一坐倒，白象就跳到她们的膝上，老实不客气地睡了。她们不忍拒绝，就坐着不动，向人要茶，要水，要换鞋，要报看。有时工人不在身边，我同老妻就当听差，送茶，送水，送鞋，送报。我们是间接服侍白象。

有一天，白象不见了。我们侦骑四出，遍寻不得。正在担忧，它偕同一只斑花猫，悄悄地回来了，大家惊喜。女工秀英说，这是招贤寺里的雄猫，说过笑起来。经过一个短促的休止符，大家都笑起来。原来它是到和尚寺里去找恋人去了，害得我们急死。

此后斑花猫常来，它也常去，大家不以为奇。我觉得白象更可爱了。因为它不像鲁迅先生的猫，恋爱时在屋顶上怪声怪气，吵得他不能读书写稿，而用长竹竿来打。后来它的肚皮渐渐大起来了。约莫两三个月之后，它的肚皮大得特别，竟像一只白象了。我们用一只旧箱子，把盖拿去，作为它的产床。有一天，它临盆了，一胎五子，三只雪白的，两只斑花的。大家称庆，连忙叫男工樟鸿到岳坟去买新鲜鱼来给它调将。女孩子们天天冲克宁奶粉给它吃。

小猫日长夜大，两星期之后，都会爬动。白象育儿耐苦得很，日夜躺卧，让五个孩子纠缠。它的身体庞大，在五只小猫看来，好比一个丘陵。它们恣意爬上爬下，好像西湖上的游客爬孤山一样。这光景真是好看！

不料有一天，一只小花猫死了。我的幼儿新枚，哭了一场，拿一条美丽牌香烟的匣子，当作棺材，给它成殓，葬在西湖边的草地中。余下的四只，就特别爱惜。我家有七个孩子，三个在外，四个在杭州，他们就把四只小猫分领，各认一只。长女陈宝领了花猫，三女宁馨、幼女一吟、幼儿新枚，各领一只白猫。这就好比乡下人把孩子过房给庙里的菩萨一样，有了"保佑"，"长命富贵"。大约因为他们不是菩萨，不能保佑；过一会，一只小白猫又死了。剩下三只，一花二白，都很健康，看看已能吃鱼吃饭，不必全靠吃奶了。白象的母氏劬劳，也渐渐减省。它不必日夜躺着喂奶，可以随时出去散步，或跳到女孩子们的膝上去睡觉了。女孩子们笑它："做了母亲还要别人抱？"它不理，管自睡在人家怀里。

有一天，白象不回来吃中饭。"难道又到和尚寺里去找恋人了？"大家疑问。等到天黑，终于不回来。秀英当夜到寺里去寻，不见。明天，又不回来。问题严重起来，我就写二张海报："寻猫：敝处走失日月眼大白猫一只。如有仁人君子觅得送还，奉酬法币十万元。储款以待，决不食言。××路××号谨启。"过了两天，有邻人来言："前几天看见一大白猫死在地藏庵与复性书院之间的水沼里，恐怕是你们的。"我们闻耗奔丧，找不到尸体。问地藏庵里的警察，也说不知；又说，大概清道夫取去了。我们回家，大家沉默志哀，接着就讨论它的死因。有的说是它自己失脚落水，有的说是顽童推它下水，莫衷一是。后来新枚来报告，邻家的孩子曾经看见一只大白猫死在水沼上的大柳树根上，后来被人踢到水沼里。孩子不会说谎，此说大约可靠。且我听说，猫不肯死在家里，自知临命终了，必远行至无人处，然后辞世。故此说更觉可靠。我觉得这点"猫性"，颇可赞美。这有壮士风，不愿死户牖下儿女之手中，而情愿战死沙场，马革裹尸。这又有高士风，不愿病死在床上，而情愿遁迹深山，不知所终。总之，白象确已不在"猫间"了！

　　白象失踪的第二天，林先从上海来杭。一到，先问白象。骤闻噩耗，惊惶失色。因为她原是受了段老太太之托，此番来杭将把白象带回上海，重归旧主的。相差一天，天缘何悭！然而天实为之，谓之何哉。所幸它还有三个遗孤，虽非日月眼，而壮健活泼，足以承继血统。为防损失，特把一匹小花猫寄交我的好友家。其余两匹小白猫，常在我的身边。每逢我架起了脚看报或吃酒的时候，它们爬到我的两只脚上，一高一低，一动一静，别人看见了都要笑。我倒已经习以为常，似觉一坐下来，脚上天生有两只小猫似的。

猫冢 | 宗璞

　　十月份到南方转了一圈，成功地逃避了气管炎和哮喘——那在去年是发作得极剧烈的。月初回到家里，满眼已是初冬的景色。小径上的落叶厚厚一层，树上倒是光秃秃的了。风庐屋舍依旧，房中父母遗像依旧，我觉得一切似乎平安，和我们离开时差不多。

　　见过了家人以后，觉得还少了什么。少的是家中另外两个成员——两只猫。"媚儿和小花呢？"我和仲同时发问。

　　回答说，它们出去玩了，吃饭时会回来。午饭之后是晚饭，猫儿还不露面。晚饭后全家在电视机前小坐，照例是少不了两只猫的。媚儿常坐在沙发扶手上，小花则常蹲在地上，若有所思地望着我，我总是和它说话，问它要什么，一天过得好不好。它以打呵欠来回答。有时就试图坐到膝上来，有时则看看门外，那就得给它开门。

　　可这一天它们不出现。

"小花，小花，快回家！"我开了门灯，站在院中大声召唤。因为有个院子，屋里屋外，猫们来去自由，平常晚上我也常常这样叫它。叫过几分钟后，一个白白圆圆的影子便会从黑暗里浮出来，有时快步跳上台阶，有时走两步停一停，似乎是闹着玩。有时我大开着门它却不进来，忽然跳着抓小飞虫去了，那我就不等它，自己关门。一会儿再去看时，它坐在台阶上，一脸期待的表情，等着开门。

小花被家人认为是我的猫。叫它回家是我的差事，别人叫，它是不理的，仲因为给它洗澡，和它隔阂最深。一次仲叫它回家，越叫它越往外走，走到院子的栅栏门了，忽然回头见我出来站在屋门前，它立刻转身飞箭似的跑到我身旁。没有衡量，没有考虑，只有天大的信任。

对这样的信任我有些歉然，因为有时我也不得不哄骗它，骗它在家等着，等到的是洗澡。可它似乎认定了什么，永不变心，总是坐在我的脚边，或睡在我的椅子上。再叫它，还是高兴地回家。

可是现在，无论怎么叫，只有风从树枝间吹过，好不凄冷。

二十世纪七十年代初，一只雪白的、蓝眼睛的狮子猫来到我家，我们叫它狮子，它活了五岁，在人来讲，约三十多岁，正在壮年。它是被人用鸟枪打死的。当时正生过一窝小猫，好的送人了，只剩一只长毛三色猫，我们便留下了它，叫它花花。花花五岁时生了媚儿，因为好看，没有舍得送人。花花活了十岁左右，也还有一只小猫没有送出。也是深秋时分，它病了，不肯在家，曾回来有气无力地叫了几声，用它那妩媚温顺的眼光看着人，那是它的告别了。后来忽然就不见了。猫不肯死在自己家里，怕给人添麻烦。

孤儿小猫就是小花，它是一只非常敏感，有些神经质的猫，非常注意人的脸色，非常怕生人。它基本上是白猫，头顶、脊背各有一块乌亮的黑，还有尾巴是黑的。尾巴常蓬松地竖起，如一面旗帜，招展很有表情。它的眼睛略呈绿色，目光中常有一种若有所思的神情。我常常抚摸它，对它说话，觉得它不知什么时候就会回答。若是它忽然开口讲话，我一点儿不会奇怪。

小花有些狡猾，心眼儿多，还会使坏。一次我不在家，它要仲给它开门，仲不理它，只管自己坐着看书。它忽然纵身跳到仲膝上，极为利落地撒了一泡尿，仲连忙站起时，它已方便完毕，躲到一个角落去了。"连猫都斗不过！"成了一个话柄。

小花也是很勇敢的，有时和邻家的猫小白或小胖打架，背上的毛竖起，发出和小身躯全不相称的吼声。"小花又在保家卫国了。"我们说。它不准邻家的猫践踏草地，猫们的界限是很分明的，邻家的猫儿也不欢迎客人。但是小花和媚儿极为友好地相处，从未有过纠纷。

媚儿比小花大四岁，今年已快九岁，有些老态龙钟了。它浑身雪白，毛极细软柔密，两只耳朵和尾巴是一种娇嫩的黄色。小时可爱极了，所以得一媚儿之名。它不像小花那样敏感，看去有点儿傻乎乎。它曾两次重病，都是仲以极大的耐心带它去小动物门诊，给它打针服药，终得痊愈。两只猫洗澡时都要放声怪叫。媚儿叫时，小花东藏西躲，想逃之夭夭。小花叫时，媚儿不但不逃，反而跑过来，想助一臂之力。其憨厚如此。它们从来都用一个盘子吃饭。小花小时，媚儿常让它先吃。小花长大，就常让媚儿先吃。有时一起吃，也都注意谦让。我不免自夸几句："不要说郑康成婢能诵毛诗，看看咱们家的猫！"

可它们不见了！两只漂亮的、各具性格的、懂事的猫，你们怎样了？

据说我们离家后几天中，小花在屋里大声叫，所有的柜子都要打开看过。给它开门，又不出去。以后就常在外面，回来的时间少。以后就不见了，带着爱睡觉的媚儿一起不见了。

"到底是哪天不见的？"我们追问。

都说不清，反正好几天没有回来了。我们心里沉沉的，找回的希望很小了。

"小花，小花，快回家！"我的召唤在冷风中，向四面八方散去。

没有回音。

猫其实不仅是供人观赏的宠物，它对人是有帮助的。我从来没有住过新造的房子，旧房就总有鼠患。在城内乃兹府居住时，老鼠大如半岁的猫，满屋乱窜，实在令人厌恶，抱回一只小猫，就平静多了。风庐中鼠洞很多，鼠们出没自由。如有几个月无猫，它们就会偷粮食，啃书本，坏事做尽。若有猫在，不用费力去捉老鼠，只要坐着，甚至睡着喵呜两声，鼠们就会望风而逃。一次父亲和我还据此讨论了半天"天敌"两字。猫是鼠的天敌，它就有灭鼠的威风！驱逐了鼠的骚扰，面对猫的温柔娇媚，感到平静安详，赏心悦目，这多么好！猫实在是人的可爱而有利的朋友。

小花和媚儿的毛都很长，很光亮。看惯了，偶然见到紧毛猫，总觉得它没穿衣服。但长毛也有麻烦处，它们好像一年四季都在掉毛，又不肯在指定的地点活动，以致家里到处是猫毛。有朋友来，小坐片刻，走时一身都是猫毛，主人不免尴尬。

一周过去了，没有踪影。也许有人看上了它们那身毛皮——亲爱的小花和媚儿，你们究竟遇到了什么！

我们曾将狮子葬在院门内的枫树下，大概早溶在春来绿如翠、秋至红如丹的树叶中了。狮子的儿孙们也一代又一代地去了，它们虽没有葬在冢内，也各自到了生命的尽头。"前不见古人，后不见来者"，生命只有这么有限的一段，多么短促。我亲眼看见猫儿三代的逝去，是否在冥冥中，也有什么力量在看着我们一代又一代地消逝呢？

猫 | 老舍

　　猫的性格实在有些古怪。说它老实吧，它的确有时候很乖。它会找个暖和地方，成天睡大觉，无忧无虑，什么事也不过问。可是，赶到它决定要出去玩玩，就会走出一天一夜，任凭谁怎么呼唤，它也不肯回来。说它贪玩吧，的确是呀，要不怎么会一天一夜不回家呢？可是，及至它听到点老鼠的响动啊，它又多么尽职，闭息凝视，一连就是几个钟头，非把老鼠等出来不拉倒！

　　它要是高兴，能比谁都温柔可亲：用身子蹭你的腿，把脖儿伸出来要求给抓痒，或是在你写稿子的时候，跳上桌来，在纸上踩印几朵小梅花。它还会丰富多腔地叫唤，长短不同，粗细各异，变化多端，力避单调。在不叫的时候，它还会咕噜咕噜地给自己解闷。这可都凭它的高兴。它若是不高兴啊，无论谁说多少好话，它一声也不出，连半个小梅花也不肯印在稿纸上！它倔强得很！

是，猫的确是倔强。看吧，大马戏团里什么狮子、老虎、大象、狗熊，甚至于笨驴，都能表演一些玩艺儿，可是谁见过耍猫呢？（昨天才听说，苏联的某马戏团里确有耍猫的，我当然还没亲眼见过。）

这种小动物确是古怪。不管你多么善待它，它也不肯跟着你上街去逛逛。它什么都怕，总想藏起来。可是它又那么勇猛，不要说见着小虫和老鼠，就是遇上蛇也敢斗一斗。它的嘴往往被蜂儿或蝎子蜇的肿起来。

赶到猫儿们一讲起恋爱来，那就闹得一条街的人们都不能安睡。它们的叫声是那么尖锐刺耳，使人觉得世界上若是没有猫啊，一定会更平静一些。

可是，及至女猫生下两三个棉花团似的小猫啊，你又不恨它了。它是那么尽责地看护儿女，连上房兜兜风也不肯去了。

郎猫可不那么负责，它丝毫不关心儿女。它或睡大觉，或上屋去乱叫，有机会就和邻居们打一架，身上的毛儿滚成了毡，满脸横七竖八都是伤痕，看起来实在不大体面。好在它没有照镜子的习惯，依然昂首阔步，大喊大叫，它匆忙地吃两口东西，就又去挑战开打。有时候，它两天两夜不回家，可是当你以为它可能已经远走高飞了，它却瘸着腿大败而归，直入厨房要东西吃。

过了满月的小猫们真是可爱，腿脚还不甚稳，可是已经学会淘气。妈妈的尾巴，一根鸡毛，都是它们的好玩具，耍上没结没完。一玩起来，它们不知要摔多少跟头，但是跌倒即马上起来，再跑再跌。它们的头撞在门上、桌腿上和彼此的头上。撞疼了也不哭。

它们的胆子越来越大，逐渐开辟新的游戏场所。它们到院子里来了。院中的花草可遭了殃。它们在花盆里摔跤，抱着花枝打秋千，所过之处，枝折花落。你不肯责打它们，它们是那么生气勃勃，天真可爱呀。可是，你也爱花。这个矛盾就不易处理。

现在，还有新的问题呢：老鼠已差不多都被消灭了，猫还有什么用处呢？而且，猫既吃不着老鼠，就会想办法去偷捉鸡雏或小鸭什么的开开斋。这难道不是问题么？

在我的朋友里颇有些位爱猫的。不知他们注意到这些问题没有？记得二十年前在重庆住着的时候，那里的猫很珍贵，须花钱去买。在当时，那里的老鼠是那么猖狂，小猫反倒须放在笼子里养着，以免被老鼠吃掉。据说，目前在重庆已很不容易见到老鼠。那么，那里的猫呢？是不是已经不放在笼子里，还是根本不养猫了呢？这须打听一下，以备参考。

也记得三十年前，在一艘法国轮船上，我吃过一次猫肉。

事前，我并不知道那是什么肉，因为不识法文，看不懂菜单。猫肉并不难吃，虽不甚香美，可也没什么怪味道。是不是该把猫都送往法国轮船上去呢？我很难作出决定。

猫的地位的确降低了，而且发生了些小问题。可是，我并不为猫的命运多耽什么心思。想想看吧，要不是灭鼠运动得到了很大的成功，消除了巨害，猫的威风怎会减少了呢？两相比较，灭鼠比爱猫更重要的多，不是吗？我想，世界上总会有那么一天，一切都机械化了，不是连驴马也会有点问题吗？可是，谁能因耽忧驴马没有事作而放弃了机械化呢？

猫的早餐

老舍

　　多鼠斋的老鼠并不见得比别家的更多，不过也不比别处的少就是了。前些天，柳条包内，棉袍之上，毛衣之下，又生了一窝。

　　没法不养只猫子了，虽然明知道一买又要一笔钱，"养"也至少须费些平价米。

　　花了二百六十元买了只很小很丑的小猫来。我很不放心。单从身长与体重说，厨房中的老一辈的老鼠会一日咬两只这样的小猫的。我们用麻绳把咪咪拴好，不光是怕它跑了，而是怕它不留神碰上老鼠。

　　我们很怕咪咪会活不成的，它是那么瘦小，而且终日那么团着身哆哩哆嗦的。

　　人是最没办法的动物，而他偏偏爱看不起别的动物，替它们担忧。

　　吃了几天平价米和煮包谷，咪咪不但没有死，而且欢蹦乱跳的了。它是个乡下猫，在来到我们这里以前，它连米粒与包谷粒大概也没吃过。

我们总觉得有点对不起咪咪——没有鱼或肉给它吃，没有牛奶给它喝。猫是食肉动物，不应当吃素！

可是，这两天，咪咪比我们都要阔绰了；人才真是可怜虫呢！昨天，我起来相当的早，一开门咪咪骄傲地向我叫了一声，右爪按着个已半死的小老鼠。咪咪的旁边，还放着一大一小的两个死蛙——也是咪咪咬死的，而不屑于去吃，大概死蛙的味道不如老鼠的那么香美。

我怔住了，我须戒酒，戒烟，戒茶，甚至要戒荤，而咪咪——会有两只蛙、一只老鼠作早餐！说不定，它还许已先吃过两三个蚱蜢了呢！

猫 郑振铎

我家养了好几次的猫，结局总是失踪或死亡。三妹是最喜欢猫的，她常在课后回家时，逗着猫玩。有一次，从隔壁要了一只新生的猫来。花白的毛，很活泼，如带着泥土的白雪球似的，在廊前太阳光里滚来滚去。三妹常常取了一条红带，或一条绳子，在它面前来回地拖摇着，它便扑过来抢，又扑过去抢。我坐在藤椅上看着他们，可以微笑着消耗过一二小时的光阴。那时太阳光暖暖地照着，心上感着生命的新鲜与快乐。后来这只猫不知怎地忽然消瘦了，也不肯吃东西，光泽的毛也污涩了，终日躺在客厅上的椅下，不肯出来。三妹想着种种方法逗它，它都不理会。我们都很替它忧郁。三妹特地买了一个很小很小的铜铃，用红绫带穿了，挂在它颈下，但只显得不相称，它只是毫无生意地、懒惰地、郁闷地躺着。又一天中午，我从编译所回来，三妹很难过地说道："哥哥，小猫死了！"

我心里也感着一缕的酸辛，可怜这两个月来相伴的小侣！

当时只得安慰着三妹道："不要紧，我再向别处要一只来给你。"

隔了几天，二妹从虹口舅舅家里回来，她道，舅舅那里有三四只小猫，很有趣，正要给人家。三妹便怂恿着她去拿一只来。礼拜天，母亲回来了，却带了一只浑身黄色的小猫回来。立刻三妹一部分的注意，又被这只黄色的小猫吸引去了。这只小猫较第一只更有趣、更活泼。它在园中乱跑，又会爬树，有时蝴蝶安详地飞过时，它也会扑过去捉。它似乎太活泼了，一点也不怕生人，有时由树上跃到墙上，又跑到街上，在那里晒太阳。我们都很为它提心吊胆，一天都要"小猫呢？小猫呢？"查问好几次。每次总要寻找一回，方才寻到。三妹常指它笑着骂道："你这小猫呀，要被乞丐捉去后才不会乱跑呢！"我回家吃午饭，它总坐在铁门外边，一见我进门，便飞也似的跑进去了。饭后的娱乐，是看它在爬树，隐身在阳光隐约里的绿叶中，好像在等待着要捉捕什么似的。把它捉了下来，又极快地爬上去了。过了二三个月，它会捉鼠了。有一次，居然捉到一只很肥大的鼠，自此，夜间便不再听见讨厌的吱吱的声了。

某一日清晨，我起床来，披了衣下楼，没有看见小猫，在小园里找了一遍，也不见。心里便有些亡失的预警。

"三妹，小猫呢？"

她慌忙地跑下楼来，答道："我刚才也寻了一遍，没有看见。"

家里的人都忙乱地在寻找，但终于不见。

李妈道："我一早起来开门，还见它在厅上，烧饭时，才不见了它。"

大家都不高兴，好像亡失了一个亲爱的同伴，连向来不大喜欢它的张妈也说："可惜，可惜，这样好的一只小猫。"这使我心里还有一线希望，因为它偶然跑到远处去，也许会认得归途的。

午饭时，张妈诉说道："刚才遇到隔壁周家的丫头，她说，早上看见我家的小猫在门外，被一个过路的人捉去了。"

于是这个亡失证实了。三妹很不高兴地咕噜着道："他们看见了，为什么不出来阻止？他们明晓得它是我家的！"

我也怅然地，愤然地，在咒骂着那个不知名的夺去我们所爱的东西的人。

自此，我家好久不养猫。

冬天的早晨，门口蜷伏着一只很可怜的小猫，毛色是花白的，但并不好看，又很瘦。它伏着不去。我们如不取来留养，至少也要为冬寒与饥饿所杀。张妈把它拾了进来，每天给它饭吃。但大家都不大喜欢它，它不活泼，也不像别的小猫之喜欢游玩，好像是具有天生的忧郁性似的，连三妹那样爱猫的，对于它，也不加注意。如此地过了几个月，它在我家仍是一只若有若无的动物，它渐渐地肥胖了，但仍不活泼。大家在廊前晒太阳闲谈着时，它也常来蜷伏在母亲和三妹的足下。三妹有时也逗着它玩，但并没有对于前几只猫那样感兴趣。有一天，它因夜里冷，钻到火炉底下去，毛被烧脱好几块，更觉得难看了。

春天来了，它成了一只壮猫了，却仍不改它的忧郁性，也不去捉鼠，终日懒惰地伏着，吃得胖胖的。

这时，妻买了一对黄色白芙蓉鸟来，挂在廊前，叫得很好听。妻常常叮咛着张妈换水，加鸟粮，洗刷笼子。那只花白猫对于这一对黄鸟，似乎也特别注意，常常跳在桌上，对鸟笼凝望着。

妻道："张妈，留心猫，它会吃鸟呢。"

张妈便跑来把猫捉了去，隔一会儿，它又跳上桌子对鸟笼凝望着了。

一天，我下楼时，听见张妈在叫道："鸟死了一只，一条腿没有了，笼板上都是血。是什么东西把它咬死的？"

我匆匆跑下去看，果然一只鸟是死了，羽毛松散着，好像它曾与它的敌人挣扎了许久。

我很愤怒，叫道："一定是猫，一定是猫！"于是立刻便去找它。

妻听见了，也匆匆地跑下来，看了死鸟，很难过，便道：

"不是这猫咬死的还有谁？它常常对着鸟笼望着，我早就叫张妈要小心了。张妈！你为什么不小心？"

张妈默默无言，不能有什么话来辩护。

于是猫的罪状证实了。大家都去找这可厌的猫，想给它以一顿惩戒。找了半天，却没找到。真是"畏罪潜逃"了，我以为。

三妹在楼上叫道："猫在这里了。"

它躺在露台板上晒太阳，态度很安详，嘴里好像还在吃着什么。我想它一定是在吃着这可怜的鸟的腿了，一时怒气冲天，拿起楼门旁倚着的一根木棒，追过去打了一下。它很悲楚地叫了一声"咪呜！"便逃到屋瓦上了。

我心里还愤愤的，以为惩戒得还没有快意。

隔了几天，李妈在楼下叫道："猫，猫！又来吃鸟了。"同时我看见一只黑猫飞快地跳过露台，嘴里衔着一只黄鸟。我开始觉得我是错了！

我心里十分难过，真的，我的良心受伤了，我没有判断明白，便妄下断语，冤枉了一只不能说话辩诉的动物。想到它的无抵抗的逃避，益使我感到我的暴怒，我的虐待，都是针，刺我的良心的针！

我很想补救我的过失，但它是不能说话的，我将怎样地对它表白我的误解呢？

　　两个月后，我们的猫忽然死在邻家的屋脊上。我对于它的亡失，比以前两只猫的亡失，更难过得多。

　　我永无改正我的过失的机会了！

　　自此，我家永不养猫。

猫 靳以

猫好像在活过来的时日中占了很大的一部，虽然现在一只也不再在我的身边厮扰。

当着我才进了中学，就得着了那第一只。那是从一个友人的家中抱来，很费了一番手才送到家中。她是一只黄色的，像虎一样的斑纹，只是生性却十分驯良。那时候她才生下两个月，也像其他的小猫一样欢喜跳闹，却总是被别的欺负的时候居多。友人送我的时候就这样说：

"你不是欢喜猫么，就抱去这只吧。你看她是多么可怜的样子，怕长不大就会死了。"

我都不能想那时候我是多么高兴，当我坐在车上，装在布袋中的她就放在我的腿上。呵，她是一个活着的小动物，时时会在我的腿上蠕动的。我轻轻地拍着她，她不叫也不闹，只静静地卧在那里，像一个十分懂事的东西。我还记得那是夏天，她的皮毛使我在冒着汗，我也忍耐着。到了家，我放她出来。

新的天地吓得她更不敢动，她躲在墙角或是椅后那边哀哀地鸣
叫。她不吃食物也不饮水，为了那份样子，几乎我又送她回去。
可是过了两天或是三天，一切就都很好了。家中人都喜欢她，
除开一个残忍成性的婆子。我的姐姐更爱她，每餐都是由她来
照顾。

到了长成的时节，她就成为更沉默更温和的了。她从来也
不曾抓伤过人，也不到厨房里偷一片鱼。她欢喜蹲在窗台上，
眯着眼睛，像哲学家一样地沉思着。那时候阳光正照了她，她
还要安详地用前爪在脸上抹一次又一次的。家中人会说：

"链哥儿抱来的猫，也是那样老实呵！"

到后她的子孙们却是有各样的性格。一大半送了亲友，留
在家中的也看得出贤与不肖。有的竟和母亲争斗，正像一个浪
子或是泼女。

她自己活得很长远，几次以为是不能再活下去了，她还能
勉强地活过来，终于一双耳朵不知道为什么枯萎下去。她的脚
步更迟钝了，有时鸣叫的声音都微弱得不可闻了。

她活了十几年，当着祖母故去的时候，已经入殓，还停在
家中；她就躺在棺木的下面死去。想着是在夜间死去的，因为
早晨发觉的时候她已经僵硬了。

住到×城的时节，我和友人B君共住了一个院子。那个城

是古老而沉静的，到处都是树，清寂幽闭。因为是两个单身男子，我们的住处也正像那个城。秋天是如此，春天也是如此。墙壁粉了灰色，每到了下午便显得十分黯淡。可是不知道从哪里却跳来了一只猫，她是在我们一天晚间回来的时候发现的。我们开了灯，她正端坐在沙发的上面，看到光亮和人，一下就不知道溜到哪里去了。

我们同时都为她那美丽的毛色打动了，她的身上有着各样的颜色，她的身上包满了茸茸的长绒。我们找寻着，在书架的下面找到了。她用惊疑的眼睛望着我们，我们即刻吩咐仆人，为她弄好了肝和饭，我们故意不去看她，她就悄悄地就食去了。

从此在我们的家中，她也算是一个。

养了两个多月，在一天的清早，不知逃到哪里去了。她仍是从风门的窗格里钻出去（因为她，我们一直没有完整的纸糊在上面），到午饭时不见回来。我们想着下半天，想着晚饭的时候；可是她一直就不曾回来。

那时候，虽然少了一只小小的猫，住的地方就显得阔大寂寥起来了。当着她在我们这里的时候，那些冷清的角落，都为她跑着跳着填满了；为我们遗忘了的纸物，都由她有趣地抓了出来。一时她会跑上座灯的架上，一时她又跳上了书橱。可是她把花盆架上的一盆迎春拉到地上，碎了花盆的事也有过。

记得自己真就以为她是一个有性灵的生物，申斥她，轻轻地打着她；她也就畏缩地躲在一旁，像是充分地明白了自己的过错似的。

平时最使她感觉到兴趣的事，怕就是钻进抽屉中的小睡。只要是拉开了，她就安详地走进去，于是就故意又为她关上了。过些时再拉开来，她也许还未曾醒呢！有的时候是醒了，静静地卧着，看到外面的天地，就站起来，拱着背缓缓地伸着懒腰。她会跳上了桌子，如果是晚间，她就分去了桌灯给我的光，往返地踱着，她的影子晃来晃去的，却充满了我那狭小的天地，使我也有着热闹的感觉。突然她会为一件小小的物件吸引住了，以前爪轻轻地拨着，惊奇地注视着被转动的物件，就退回了身子，伏在那里，还是一小步一小步地退缩着——终于是猛地向前一蹿，那物件落在地上，她也随着跳下去。

我们有时候也用绒绳来逗引，看着她轻巧而窈窕地跳着。时常想到的就是"摘花赌身轻"的句子。

她的逃失呢，好像是早就想到了的。不是因为从窗里望着外面，看到其他的猫从墙头跳上跳下，她就起始也跑到外面去么？原是不知何所来，就该是不知何所去。只是顿然少去了那么一只跑着跳着的生物，所住的地方就感到更大的空洞了。想着这样的情绪也许并不是持久的，过些天或者就可以忘情了。

只是当着春天的风吹着门窗的纸，就自然地把眼睛望着她日常出入的那个窗格，还以为她又从外面钻了回来。

"走了也好，终不过是不足恃的小人呵！"

这样地想了，我们的心就像是十分安然而愉快了。

过了四个月，B君走了，那个家就留给我一个人。如果一直是冷清下来，对于那样的日子我也许能习惯了；却是日愈空寂的房子，无法使我安心地守下去。但是我也只有忍耐之一途。既不能在众人的处所中感到兴趣，除开面壁枯坐还有其他的方法么？

一天，偶然地在市集中售卖猫狗的那一部，遇到一个老妇人和一个四五岁的女孩。她问我要不要买一只猫。我就停下来，预备看一下再说。她放下在手中的竹篮，解开盖在上面的一张布，就看到一只生了黄黑斑的白猫，正自躺在那里。在她的身下看到了两只才生下不久的小猫。一只是黑的，毛的尖梢却是雪白；那一只是白的，头部生了灰灰的斑。她和我说因为要离开这里，就不得不卖了。她和我要了极合理的价钱，我答应了，付过钱，就径自去买一个竹筐来。当着我把猫放到我的筐子里，那个孩子就大声哭起来。她舍不得她的宝贝。她丢下老妇人塞到她手中的钱。那个老妇人虽是爱着孩子，却好像钱对她真有一点用，就一面哄着一面催促着我快些离开。

叫了一辆车，放上竹筐，我就回去了。留在后面的是那个孩子的哭声。

诚然如那个老妇人所说，她们是到了天堂。最初几天那两只小猫还没有张开眼，从早到晚只是咪咪地叫着。我用烂饭和牛乳喂她们，到张开了眼的时候，我才又看到那个长了灰色斑的两个眼睛是不同的：一个是黄色，一个是蓝色。

大小三只猫，也尽够我自己忙的了（不只我自己，还有那个仆人）。大的一只时常要跑出去，小的就不断地叫着。她们时常在我的脚边缠绕，一不小心就被踏上一脚或是踢翻个身。她们横着身子跑，因为把米粒粘到脚上，跑着的时候就嗒嗒地响着，像生了铁蹄。她们欢喜坐在门限上望着外面，见到后院的那条狗走过，她们就咻咻地叫着，毛都竖起来，急速地跳进房里。

为了她们，每次晚间回来都不敢提起脚步来走，只是溜着，开了灯，就看到她们偎依着在椅上酣睡。

渐渐地她们能爬到我的身上来了，还爬到我的肩头，她们就像到了险境，鸣叫着，一直要我用手把她们再捧下来。

这两只猫崽，引起了许多友人的怜爱，一个过路友人离开了这个城还在信中殷殷地问到。她说过要有那么一天，把这两只猫拿走的。但是为了病着的母亲的寂寥，我就把她们带到了××。

　　我先把她们的母亲送给了别人，我忘记了她们离开母亲会成为多么可怜的小动物。她们叫着，不给一刻的宁静，就是食物也不大能引着她们安静下去。她们东找找西找找，然后就失望地朝着我。好像告诉我她们是丢失了母亲，也要我告诉她们：母亲到了哪里？两天都是这样，我都想再把那只大猫要回来了。后来友人告诉我说是那个母亲也叫了几天，终于上了房，不知到哪里去了。

　　因为要搭乘火车的，我就在行前的一日把她们装到竹篮里。她们就叫，吵得我一夜也不能睡，我想着这将是一桩麻烦的事，依照路章是不能携带猫或狗的。

　　早晨，我放出她们喂，吃得饱饱的（那时候她们已经消灭了失去母亲的悲哀），又装进竹篮里。她们就不再叫了。一直由我把她们安然地带回我的母亲的身边。

　　母亲的病在那时已经是很重了，可是她还是勉强地和我说笑。她爱那两只猫，她们也是立刻跳到她的身前。我十分怕看和母亲相见相别时的泪眼，这一次有这两个小东西岔开了母亲的伤心。

　　不久，她们就成为一种累赘了。当着母亲安睡的时候，她们也许咪咪地叫起来。当着母亲为病痛所苦的时候，她们也许要爬到她的身上。在这情形之下，我只能把她们交付了仆人，由仆人带到他自己的房中去豢养。

母亲的病使我忘记了一切的事，母亲故去了许久我才问着仆人那两只猫是否还活下来。

仆人告诉我她们还活着的，因为一时的疏忽，她们的后腿冻跛了。可是渐渐地好起来，也长大了，只是不大像从前那样洁净。

我只是应着，并没有要他把她们拿给我，因为被母亲生前所钟爱，她们已经成为我自己悲哀的种子了。

父亲的玳瑁

王鲁彦

在墙脚根刷然溜过的那黑猫的影，又触动了我对于父亲的玳瑁的怀念。

净洁的白毛的中间，夹杂些淡黄的云霞似的柔毛，恰如透明的妇人的玳瑁首饰的那种猫儿，是被称为"玳瑁猫"的。我们家里的猫儿正是那一类，父亲就给了它"玳瑁"这个名字。

在近来的这一匹玳瑁之前，我们还曾有过另外的一匹。它有着同样的颜色，得到了同样的名字，同是从我姊姊家里带来，一样地为我们所爱。

但那是我不幸的妹妹的玳瑁，它曾经和她盘桓了十二年的岁月。

而现在的这一匹，是属于父亲的。

它什么时候来到我们家里，我不很清楚，据说大约已有三年光景了。父亲给我的信，从来不曾提过它。在他的理智中，仿佛以为玳瑁毕竟是一匹小小的兽，比不上任何的家事，足以通知我似的。

但当我去年回到家里的时候，我看到了父亲和玳瑁的感情了。

每当厨房的碗筷一搬动，父亲在后房餐桌边坐下的时候，玳瑁便在门外"咪咪"地叫了起来。这叫声是只有两三声，从不多叫的。它仿佛在问父亲，可不可以进来似的。

于是父亲就说了，完全像对什么人说话一样：

"玳瑁，这里来！"

我初到的几天，家里突然增多了四个人，在玳瑁似乎感觉到热闹与生疏的恐惧，常不肯即刻进来。

"来吧，玳瑁！"父亲望着门外，不见它进来，又说了。

但是玳瑁只回答了两声"咪咪"，仍在门外徘徊着。

"小孩一样，看见生疏的人，就怕进来了。"父亲笑着对我们说。

但是过了一会，玳瑁在大家的不注意中，已经跃上了父亲的膝上。

"哪，在这里了。"父亲说。

我们弯过头去看，它伏在父亲的膝上，睁着略带惧怯的眼望着我们，仿佛预备逃遁似的。

父亲立刻理会它的感觉，用手抚摩着它的颈背，说："困吧，玳瑁？"一面他又转过来对我们说："不要多看它，它像姑娘一样的呢！"

我们吃着饭，玳瑁从不跳到桌上来，只是静静地伏在父亲的膝上。有时鱼腥的气息引诱了它，它便偶尔伸出半个头来望了一望，又立刻缩了回去。它的脚不肯触着桌。这是它的规矩，父亲告诉我们说，向来是这样的。

父亲吃完饭，站起来的时候，玳瑁便先走出门外去。它知道父亲要到厨房里去给它预备饭了。那是真的。父亲从来不曾忘记过，他自己一吃完饭，便去添饭给玳瑁的。玳瑁的饭每次都有鱼或鱼汤拌着。父亲自己这几年来对于鱼的滋味据说有点厌，但即使自己不吃，他总是每次上街去，给玳瑁带了一些鱼来，而且给它储存着的。

白天，玳瑁常在储藏东西的楼上，不常到楼下的房子里来。但每当父亲有什么事情将要出去的时候，玳瑁像是在楼上看着的样子，便溜到父亲的身边，绕着父亲的脚转了几下，一直跟父亲到门边。父亲回来的时候，它又像是在什么地方远远望着，静静地倾听着的样子，待父亲一跨进门限，它又在父亲的脚边了。它并不时时刻刻跟着父亲，但父亲的一举一动，父亲的进出，它似乎时刻在那里留心着。

晚上，玳瑁睡在父亲的脚后的被上，陪伴着父亲。

　　我们回家后，父亲换了一个寝室。他现在睡到弄堂门外一间从来没有人去的房子里了。

　　玳瑁有两夜没有找到父亲，只在原地方走着，叫着。它第一夜跳到父亲的床上，发现睡着的是我们，便立刻跳了出去。

　　正是很冷的天气。父亲记念着玳瑁夜里受冷，说它恐怕不会想到他会搬到那样冷落的地方去的。而且晚上弄堂门又关得很早。

　　但是第三天的夜里，父亲一觉醒来，玳瑁已在床上睡着了，静静地，"咕咕"念着猫经。

　　半个月后，玳瑁对我也渐渐熟了。它不复躲避我。当它在父亲身边的时候，我伸出手去，轻轻抚摩着它的颈背，它伏着不动。然而它从不自己走近我。我叫它，它仍不来。就是母亲，她是永久和父亲在一起的，它也不肯走近她。父亲呢，只要叫一声"玳瑁"，甚至咳嗽一声，它便不晓得从什么地方溜出来了，而且绕着父亲的脚。

　　有两次玳瑁到邻居去游走，忘记了吃饭。我们大家叫着"玳瑁玳瑁"，东西寻找着，不见它回来。父亲却猜到它哪里去了。他拿着玳瑁的饭碗走出门外，用筷子敲着，只喊了两声"玳瑁"，玳瑁便从很远的邻屋上走来了。

　　"你的声音像格外不同似的，"母亲对父亲说，"只消叫两声，又不大，它便老远地听见了。"

"是哪，它只听我管的哩。"

对于寂寞地度着残年的老人，玳瑁所给与的是儿子和孙子的安慰，我觉得。

六月四日的早晨，我带着战栗的心重到家里，父亲只躺在床上远远地望了我一下，便疲倦地合上了眼皮。我悲苦地牵着他的手在我的面上抚摩。他的手已经有点生硬，不复像往日柔和地抚摩玳瑁的颈背那么自然。据说在头一天的下午，玳瑁曾经跳到他的身边，悲鸣着，父亲还很自然地抚摩着它，亲密地叫着"玳瑁"。而我呢，已经迟了。

从这一天起，玳瑁便不再走进父亲的以及和父亲相连的我们的房了。我们有好几天没有看见玳瑁的影子。我代替了父亲的工作，给玳瑁在厨房里备好鱼拌的饭，敲着碗，叫着"玳瑁"。玳瑁没有回答，也不出来。母亲说，这几天家里人多，闹得很，它该是躲在楼上怕出来的。于是我把饭碗一直送到楼上。然而玳瑁仍没有影子。过了一天，碗里的饭照样地摆在楼上，只是饭粒干瘪了一些。

玳瑁正怀着孕，需要好的滋养，一想到这，大家更其焦虑了。

第五天早晨，母亲才发现给玳瑁在厨房预备着的另一只饭碗里的饭略略少了一些。大约它在没有人的夜里走进了厨房。

它应该是非常饥饿了。然而仍像吃不下的样子。

一星期后，家里的戚友渐渐少了。玳瑁仍不大肯露面。无论谁叫它，都不答应，偶然在楼梯上溜过的后影，显得憔悴而且瘦削，连那怀着孕的肚子也好像小了一些似的。

一天一天家里愈加冷静了。满屋里主宰着静默的悲哀。一到晚上，人还没有睡，老鼠便吱吱叫着活动起来，甚至我们房间的楼上也在叫着跑着。玳瑁是最会捕鼠的。当去年我们回家的时候，即使它跟着父亲睡在远一点的地方，我们的房间里从没有听见过老鼠的声音，但现在玳瑁就睡在隔壁的楼上，也不过问了。我们毫不埋怨它。我们知道它所以这样的原因。

可怜的玳瑁。它不能听到那熟识的亲密的声音，不能再得到那慈爱的抚摩，它是在怎样的悲伤呵！

三星期后，我们全家要离开故乡。大家预先就在商量，怎样把玳瑁带出来。但是离开预定的日子前一星期，玳瑁生了小孩了。我们看见它的肚子松瘪着。

怎样可以把它带出来呢？

然而为了玳瑁，我们还是不能不带它出来。我们家里的门将要全锁上。邻居们不会像我们似的爱它，而且大家全吃着素菜，不会舍得买鱼饲它。单看玳瑁的脾气，连对于母亲也是冷淡淡的，决不会喜欢别的邻居。

我们还是决定带它一道来上海。

它生了几个小孩，什么样子，放在哪里，我们虽然极想知道，却不敢去惊动玳瑁。我们预定在饲玳瑁的时候，先捉到它，然后再寻觅它的小孩。因为这几天来，玳瑁在吃饭的时候，已经不大避人，捉到它应该是容易的。

但是两天后，我们十几岁的外甥遏抑不住他的热情了。不知怎样，玳瑁的孩子们所在的地方先被他很容易地发现了。它们原来就在楼梯门口，一只半掩着的糠箱里。玳瑁和它的小孩们就住在这里，是谁也想不到的。外甥很喜欢，叫大家去看。玳瑁已经溜得远远的在惧怯地望着。

我们想，既然玳瑁已经知道我们发觉了它的小孩的住所，不如便先把它的小孩看守起来，因为这样，也可以引诱玳瑁的来到，否则它会把小孩衔到更没有人晓得的地方去的。

于是我们便做了一个更安适的窠，给它的小孩们，携进了以前父亲的寝室，而且就在父亲的床边。

那里是四个小孩，白的，黑的，黄的，玳瑁的，都还没有睁开眼睛。贴着压着，钻做一团，肥圆的。捉到它们的时候，偶然发出微弱的老鼠似的吱吱的鸣声。

"生了几只呀？"母亲问着。

"四只。"

"嗨，四只！怪不得！扛了你父亲的棺材，不要再扛我的呢！"母亲叹息着，不快活地说。

大家听着这话，愣住了。

"把它们丢出去！"外甥叫着说，但他同时却又喜悦地抚摩着玳瑁的小孩们，舍不得走开。

玳瑁现在在楼上寻觅了，它大声地叫着。

"玳瑁，这里来，在这里。"我们学着父亲仿佛对人说话似的叫着玳瑁说。

但是玳瑁像只懂得父亲的话，不能了解我们说什么。它在楼上寻觅着，在弄堂里寻觅着，在厨房里寻觅着，可不走进以前父亲天天夜里带着它睡觉的房子。我们有时故意作弄它的小孩们，使它们发出微弱的鸣声。玳瑁仍像没有听见似的。

过了一会，玳瑁给我们女工捉住了。它似乎饿了，走到厨房去吃饭，却不防给她一手捉住了颈背的皮。

"快来！快来！捉住了！"她大声叫着。

我扯了早已预备好的绳圈，跑出去。

玳瑁大声地叫着，用力地挣扎着。待至我伸出手去，还没抱住玳瑁，女工的手一松，玳瑁溜走了。

它再不到厨房里去，只在楼上叫着，寻觅着。

几点钟后，我们只得把玳瑁的小孩们送到楼上。它们显然也和玳瑁似的在忍受着饥饿和痛苦。

玳瑁又静默了，不到十分钟，我们已看不见它的小孩们的影子。现在可不必再费气力，谁也不会知道它们的所在。

有一天一夜，玳瑁没有动过厨房里的饭。以后几天，它也只在夜里，待大家睡了以后到厨房里去。

我们还想设法带玳瑁出来，但是母亲说：

"随它去吧，这样有灵性的猫，哪里会不晓得我们要离开这里。要出去自然不会躲开的。你们看它，父亲过世以后，再也不忍走进那两间房里，并且几天没有吃饭，明明在非常的伤心。现在怕是还想在这里陪伴你们父亲的灵魂呢。它原是你父亲的。"

我们只好随玳瑁自己了。它显然比我们还舍不得父亲，舍不得父亲所住过的房子，走过的路以及手所抚摩过的一切。父亲的声音，父亲的形象，父亲的气息，应该都还很深刻地萦绕在它的脑中。

可怜的玳瑁，它比我们还爱父亲！

然而玳瑁也太凄惨了。以后还有谁再像父亲似的按时给它好的食物，而且慈爱地抚摩着它，像对人说话似的一声声地叫它呢？

离家的那天早晨，母亲曾给它留下了许多给孩子吃的稀饭在厨房里。门虽然锁着，玳瑁应该仍然晓得走进去。邻居们也曾答应代我们给它饲料。然而又怎能和父亲在的时候相比呢？

现在距我们离家的时候又已一月多了。玳瑁应该很健康着，它的小孩们也该是很活泼可爱了吧？

我希望能再见到和父亲的灵魂永久同在着的玳瑁。

猫 | 夏丏尊

　　白马湖新居落成，把家眷迁回故乡的后数日，妹就携了四岁的外甥女，由二十里外的夫家雇船来访。自从母亲死后，兄弟们各依了职业迁居外方，故居初则赁与别家，继则因兄弟间种种关系，不得不把先人有过辛苦历史的高大屋宇，售让给附近的暴发户，于是兄弟们回故乡的机会就少，而妹也已有六七年无归宁的处所了。这次相见，彼此既快乐又酸辛，小孩之中，竟有未曾见过姑母的。外甥女当然不认得舅妗和表姊，虽经大人指导勉强称呼，总都是呆呆地相觑着。

　　新居在一个学校附近，背山临水，地位清静，只不过平屋四间。论其构造，连老屋的厨房还比不上，妹却极口表示满意：

　　"虽比不上老屋，终究是自己的房子，我家在本地已有许多年没有房子了！自从老屋卖去以后，我多少被人瞧不起！每次乘船经过老屋面前，真是……"

　　妻见妹说时眼圈有点红了，就忙用话岔开：

"妹妹你看，我老了许多罢？你却总是这样后生。"

"三姊倒不老！——人总是要老的，大家小孩都已这样大了，他们大起来，就是我们在老起来。我们已六七年不见了呢。"

"快弄饭去罢！"我听了她们的对话，恐再牵入悲境，故意打断话头，使妻走开。

妹自幼从我学会了酒，能略饮几杯。兄妹且饮且谈，嫂也在旁屡着。话题由此及彼，一直谈到饭后，还连续不断。每到妹和妻要谈到家事或婆媳小姑关系上去，我总立即设法打断，因为我是深知道妹在夫家的境遇的，很不愿在难得晤面的当初，就引起悲怀。

忽然，天花板上起了嘈杂的鼠声。

"新造的房子，老鼠就这样多了吗？"妹惊讶了问。

"大概是近山的缘故罢。据说房子未造好就有了老鼠的。晚上更厉害，今夜你听，好像在打仗哩，你们那里怎样？"妻说。

"还好，我家有猫。——快要产小猫了，将来可捉一只来。"

"猫也大有好坏，坏的猫老鼠不捕，反要偷食，到处撒屎，还是不养好。"我正在寻觅轻松的话题，就顺势讲到猫上去。

"猫也和人一样，有种子好不好的，我那里的猫，是好种，不偷食，每朝把屎撒在盛灰的畚斗里。——你记得从前老四房里有一只好猫罢。我们那只猫，就是从老四房讨去的小猫。近来听说老四房里断了种了，——每年生一胎，附近养蚕的人家都来千求万恳地讨，据说讨去都不淘气的。现在又快要生小猫了。"

老四房里的那只猫向来有名。最初的老猫，是曾祖在时，就有了的。不知是那里得来的种子，白地，小黄黑花斑，毛色很嫩，望上去像上等的狐皮"金银嵌"。善捉鼠，性质却柔顺得了不得，当我小的时候，常去抱来玩弄，听它念肚里佛，挖看它的眼睛，不啻是一个小伴侣。后来我由外面回家，每走到老四房去，有时还看见这小伴侣——的子孙。曾也想讨一只小猫到家里去养，终难得逢到恰好有小猫的机会，自迁居他乡，十年来久不忆及了。不料现在种子未绝，妹家现在所养的，不知已是最初老猫的几世孙了。家道中落以来，田产室庐大半荡尽，而曾祖时代的猫，尚间接地在妹家留着种子，这真是一种不可思议的缘，值得叫人无限感兴的了。

"哦！就是那只猫的种子！好的，将来就给我们一只。那只猫的种子是近地有名的。花纹还没有变吗？"

"你喜欢哪一种？——大约一胎多则三只，少则两只，其中大概有一只是金银嵌的，有一二只是白中带黑斑的，每年都是如此。"

"那自然要金银嵌的啰。"我脑中不禁浮出孩时小伴侣的印象来。更联想到那如云的往事，为之茫然。

妻和妹之间，猫的谈话，仍被继续着，儿女中大些的张了眼听，最小的阿满，摇着妻的膝问："小猫几时会来？"我也靠在藤椅上吸着烟默然听她们。

"小猫的时候，要教它会才好。如果撒屎在地板上了，就捉到撒屎的地方，当着它的屎打，到碗中偷食吃的时候，就把碗摆在它的前面打，这样打了几次，它就不敢乱撒屎多偷食了。"

妹的猫教育论，引得大家都笑了。

次晨，妹说即须回去，约定过几天再来久留几日，临走的时候还说：

"昨晚上老鼠真吵得厉害，下次来时，替你们把猫捉来罢。"

妹去后，全家多了一个猫的话题。最性急的自然是小孩，他们常问"姑妈几时来？"，其实都是为猫而问，我虽每回答他们"自然会来的，性急什么？"，而心里也对于那与我家一系有二十多年历史的猫，怀着迫切的期待，巴不得妹——猫快来。

妹的第二次来，在一个月以后，带来的只是赠送小孩的果物和若干种的花草苗种，并没有猫。说前几天才出生，要一个月后方可离母，此次生了三只，一只是金银嵌的，其余两只，是黑白花和狸斑花的，讨的人家很多，已替我们把金银嵌的留定了。

猫的被送来，已是妹第二次回去后半月光景的事，那时已过端午，我从学校回去，一进门妻就和我说：

"妹妹今天差人把猫送来了，她有一封信在这里。说从回去以后就有些不适。大约是寒热，不要紧的。"

我从妻手里接了信草草一看，同时就向室中四望：

"猫呢？"

"她们在弄它。阿吉、阿满，你们把猫抱来给爸爸看！"

立刻，柔弱的"尼亚尼亚"声从房中听得阿满抱出猫来：

"会念佛的，一到就蹲在床下，妈说它是新娘子呢。"

我在女儿手中把小猫熟视着说：

"还小呢，别去捉它，放在地上，过几天会熟的。当心碰见狗！"

阿满将猫放下。猫把背一耸就踉跄地向房里遁去。接着就从房内发出柔弱的"尼亚尼亚"的叫声。

"去看看它躲在什么地方。"阿吉和阿满蹑着脚进房去。

"不要去捉它啊！"妻从后叮嘱她们。

猫确是金银嵌，虽然产毛未褪，黄白还未十分夺目，尽足依约地唤起从前老四房里小伴侣的印象。"尼亚尼亚"的叫声和"咪咪"的呼叫声，在一家中起了新气氛，在我心中却成了一个联想过去的媒介，想到儿时的趣味，想到家况未中落时的光景。

与猫同来的，总以为不成问题的妹的病消息，一二日后竟由沉重而至于危笃，终于因恶性疟疾引起了流产，遗下未足月的女孩而弃去这世界了。

一家人参与丧事完毕从丧家回来，一进门就听到"尼亚尼亚"的猫声。

"这猫真不利，它是首先来报妹妹的死信的！"妻见了猫叹息着说。

猫正在檐前伸了小足爬搔着柱子，突然见我们来，就踉跄逃去。阿满赶到橱下把它捉来了，捧在手里：

"你不要逃，都是你不好！妈！快打！"

"畜牲晓得什么？唉，真不利！"妻呆呆地望着猫这样说，忘记了自己的矛盾，倒弄得阿满把猫捧在手里瞪目茫然了。

"把它关在伙食间里，别放它出来！"我一壁说一壁懒懒地走入卧室睡去。我实在已怕看这猫了。

立时从伙食间里发出"尼亚尼亚"的悲鸣声和嘈杂的搔爬声来。努力想睡，总是睡不着。原想起来把猫重新放出，终于无心动弹，连向那就在房外的妻女叫一声"把猫放出"的心绪也没有，只让自己听着那连续的猫声，一味沉浸在悲哀里。

从此以后，这小小的猫，在全家成了一个联想死者的媒介，特别地在我，这猫所暗示的新的悲哀的创伤，是用了家道中落等类的怅惘包裹着的。

伤逝的悲怀，随着暑气一天一天地淡去，猫也一天一天地长大，从前被全家所诅咒的这不幸的猫，这时渐被全家宠爱珍惜起来了，当作了死者的纪念物。每餐给它吃鱼，归阿满饲它，晚上抱进房里，防恐被人偷了或是被野狗咬伤。

白玉也似的毛地上，黄黑斑错落得非常明显，当它蹲在草地上或跳掷在凤仙花丛里的时候，望去真是美丽。每当附近四邻或路过的人，见了称赞说"好猫！"的时候，妻脸上就现出一种莫可言说的矜夸，好像是养着一个好儿子或是好女儿。特别地是阿满：

"这是我家的猫，是姑母送来的，姑母死了，就剩了这只猫了！"她当有人来称赞猫的时候，不管那些人陌生与不陌生，总会睁圆了眼起劲地对他说明这些。

猫做了一家的宠儿了，每餐食桌旁总有它的位置，偶然偷了食或是乱撒了屎，虽然依妹的教育法是要就地罚打的，妻也总看妹面上宽恕过去。阿吉、阿满一从学校里回来就用了带子逗它玩，或是捉迷藏似的在庭间追赶它。我也常于初秋的夕阳中坐在檐下对了这跳掷着的小动物作种种的遐想。

那是快近中秋的一个晚上的事：湖上邻居的几位朋友，晚饭后散步到了我家里，大家在月下闲话，阿满和猫在草地上追逐着玩。客去后，我和妻搬进几椅正要关门就寝，妻照例记起猫来：

"咪咪！"

"咪咪！"阿吉、阿满也跟着唤。

可是却听不到猫的"尼亚尼亚"的回答。

"没有呢！哪里去了？阿满，不是你捉出来的吗？去寻来！"妻着急起来了。

"刚刚在天井里的。"阿满瞠了眼含糊地回答，一壁哭了起来。

"还哭！都是你不好！夜了还捉出来做什么呢？——咪咪，咪咪！"妻一壁责骂阿满一壁嗄了声再唤。

"咪咪，咪咪！"我也不禁附和着唤。

可是仍听不到猫的"尼亚尼亚"的回答。

叫小孩睡好了，重新找寻，室内室外，东邻西舍，到处分头都寻遍，哪有猫的影儿？连方才谈天的几位朋友都过来帮着在月光下寻觅，也终于不见形影。一直闹到十二点多钟月亮已照屋角为止。

"夜深了，把窗门暂时开着，等它自己回来罢，——偷是没有人偷的，或者被狗咬死了，但又不听见它叫。也许不至于此，今夜且让它去罢。"我宽慰着妻，关了大门，先入卧室去。在枕上还听到妻的"咪咪"的呼声。

猫终于不回来。从次日起，一家好像失了什么似的，都觉到说不出的寂寥。小孩从放学回来也不如平日的高兴，特别地在我，于妻女所感的以外，顿然失却了沉思过去种种悲欢往事的媒介物，觉得寂寥更甚。

第三日傍晚，我因寂寥不过了，独自在屋后山边散步，忽然在山脚田坑中发现猫的尸体。全身黏着水泥，软软地倒在坑里，毛贴着肉，身躯细了好些，项有血迹，似确是被狗或野兽咬毙了的。

"猫在这里！"我不自觉叫了说。

"在哪里？"妻和女孩先后跑来，见了猫都呆呆地几乎一时说不出话。

"可怜！定是野狗咬死的。阿满，都是你不好！前晚你不捉它出来，哪里会死呢？下世去要成冤家啊！——唉！妹妹死了，连妹妹给我们的猫也死了。"妻说时声音呜咽了。

阿满哭了，阿吉也呆着不动。

"进去罢，死了也就算了，人都要死哩，别说猫！快叫人来把它葬了。"我催她们离开。

妻和女孩进去了。我向猫作了最后的一瞥，在昏黄中独自徘徊。日来已失去了联想媒介的无数往事，都回光返照似的一时强烈地齐现到心上来。

猫

汪曾祺

我不喜欢猫。

我的祖父有一只大黑猫。这只猫很老了，老得懒得动，整天在屋里趴着。

从这只老猫我知道猫的一些习性：

猫念经。猫不知道为什么整天"念经"，整天呜噜呜噜不停。这呜噜呜噜的声音不知是从哪里发出来的，怎么发出来的。不是从喉咙里，像是从肚子里发出的。呜噜呜噜……真是奇怪。别的动物没有这样不停地念经的。

猫洗脸。我小时洗脸很马虎，我的继母说我是猫洗脸。猫为什么要"洗脸"呢？

猫盖屎。北京人把做了见不得人的事想遮掩而又遮不住，叫"猫盖屎"。猫怎么知道拉了屎要盖起来的？谁教给它的？——母猫，猫的妈？

我的大伯父养了十几只猫。比较名贵的是玳瑁猫——有白、黄、黑色的斑块。如是狮子猫，即更名贵。其他的猫也都有品，如"铁棒打三桃"——白猫黑尾，身有三块桃形的黑斑；"雪里拖枪"；黑猫、白猫、黄猫、狸猫……

我觉得不论叫什么名堂的猫，都不好看。

只有一次，在昆明，我看见过一只非常好看的小猫。

这家姓陈，是广东人。我有个同乡，姓朱，在轮船上结识了她们，母亲和女儿，攀谈起来。我这同乡爱和漂亮女人来往。她的女儿上小学了。女儿很喜欢我，爱跟我玩。母亲有一次在金碧路遇见我们，邀我们上她家喝咖啡。我们去了。这位母亲已经过了三十岁了，人很漂亮，身材高高的，腿很长。她看人眼睛眯眯的，有一种恍恍惚惚的成熟的美。她斜靠在长沙发的靠枕上，神态有点慵懒。在她脚边不远的地方，有一个绣墩，绣墩上一个墨绿色软缎圆垫上卧着一只小白猫。这猫真小，连头带尾只有五寸，雪白的，白得像一团新雪。这猫也是懒懒的，不时睁开蓝眼睛顾盼一下，就又闭上了。屋里有一盆很大的素心兰，开得正好。好看的女人、小白猫、兰花的香味，这一切是一个梦境。

猫的最大的劣迹是交配时大张旗鼓地嚎叫。有的地方叫做"猫叫春"，北京谓之"闹猫"。不知道是由于快感或痛感，郎猫女猫（这是北京人的说法，一般地方都叫公猫、母猫）一递一声，叫起来没完，其声凄厉，实在讨厌。鲁迅"仇猫"，良有以也。有一老和尚为其叫声所扰，以至不能入定，乃作诗一首。诗曰：

> 春叫猫儿猫叫春，看他越叫越来神。
>
> 老僧亦有猫儿意，不敢人前叫一声。

我的猫，一个诗人

徐志摩

　　我的猫，她是美丽与壮健的化身，今夜坐对着新生的发珠光的炉火，似乎在讶异这温暖的来处的神奇。我想她是倦了的，但她还不舍得就此窝下去闭上眼睡，真可爱是这一旺的红艳。

　　她蹲在她的后腿上，两支前腿静穆地站着，像是西比利亚的雪野。她有时也低头去舔她的毛片，她那小红舌灵动得如同一剪火焰。但过了好多时她还是壮直地坐望着火。

　　我不知道她在想些什么，但我想她，这时候至少，决不想她早上的一碟奶，或是暗房里的耗子，也决不会想到屋顶上去作浪漫的巡游。我敢说，我不迟疑地替她说，她是在全神地看，在欣赏，在惊奇这室内新来的奇妙——火的光在她的眼里闪动，热在她的身上流布，如同一个诗人在静观一个秋林的晚照。

　　我的猫，这一晌至少，是一个诗人，一个纯粹的诗人。

猫的故事

许君远

　　我平生爱猫，到四川三年却不曾有机会养猫，原因之一是此地猫种不够繁衍，必须花好多钱去买，买了又必须用绳索系牢，如果让它自由行动，随时都有被人偷去的危险，伤财怄气，最犯不上。原因之二是妻不喜欢（大女儿抱来一条小狗，大遭妈妈呵斥，成天加以米贵为理由，不肯让它吃饱），倘使把它"请"到家来，只得由我一个人照顾，鱼肉最不易买，而这种消费也不在妻的正常开支以内。

　　童年在故乡，总是饲养着这种依在身边的小动物，夏天看着它生儿女，在葡萄架底下歪着身子喂奶，心里异常舒服。冬天把它偎在被窝里睡觉，看着它四脚朝天，听着它唔唔地念佛，真是绝好的催眠曲。尤其在北国乡间的雪夜（除了新年，卧室内不生煤火），伴着祖母坐在炕头上听祖父讲故事，抚着猫的脊背，沙沙地闪出火星，宛然置身天堂福地，那种安慰唯有哥伦布到了新大陆可与之比伦。

寿命最长的是一头全身乌黑金黄眼睛的母猫，她留下了四五代子孙，颜色却由黄"虎狸"蜕化成黑"虎狸"，由母亲的短脸变成它们所有的那一条长白的鼻子。短脸猫的确比长鼻子猫好看，乌黑油亮也的确比驳色媚人。那只老猫大概活到我七八岁时，在一个麦秋时节失踪，很可能是被三叔家的恶狗咬死，祖母却说老猫都要回到山里成仙，我对那个神话很发生过一个长时期的幻想。

虽然她的子孙不肖，一只黑"虎狸"猫（大概是她的外孙女吧？）却给我留下不可磨灭的印象。它比祖母个子小，比她驯顺，最特别的便是我下学归来总是躲在大门背后迎接，每天上学要送我出了巷（其实这种送，给了我很大的麻烦，因为怕它遭了毒手，我必须抱它回家，关好大门，重新跑路），完全像一只哈巴狗，在心理上却觉得比狗好玩。

离开乡下去北平读书，满眼含着泪水，一面是因为舍不开终年抚爱我的祖母，另一面却在担心小猫失去照拂。冬天，父亲由家乡返回北平，我首先问到我的恩物，他告诉我被狗咬死，我止不住眼泪簌簌，父亲嗔我不问祖母健康，反而先问动物的安全。后来过年回家，他笑着传播这个故事，惹得老人一起解颐，说"这个孩子长大了一定多情"（这句话注定了我半生的命运）。

北平是一个养猫的好环境，然而也许因为年龄大了，不能专心于"业余消遣"，十数年间不曾养过一只可人意的小猫。女主人不能加意维护，女用人们自然不肯多费心思。不到半年跑了，另换新的，换来换去也就换厌了，对猫的兴趣大为减少。这一个时期我颇信西谚 Dog attaches to person, cat attaches to places（狗随人，猫随地方）的真理，于是我就试着养狗。在养狗的阶段曾经从朋友地方索到一只毛色美丽的大花猫，关在卧室里喂了两天。那时我还不知道用绳索捆起的办法，它颇有"终老是乡"的意思，突然 Romy（我那只大狼狗）闯了进去，花猫愤怒地穿窗而出，一去而不返。

在上海养过一只最有灵性的猫。一天它突然跑到我的楼上书房，等到发现走错了地方，已经为时太迟，孩子们早把房门关上。它非常惊慌局促：眼睛睁得很大，前脚弯着，后脚蹲着，尾巴在地上扑打摇摆，嘴里还有怒狠狠的声音。一个有养猫经验的人对它的表情并不感到稀奇，装作不注意那一回事，一面安抚住孩子们，不许她们走近，一面放一块肉让它尝尝，肉是吃了，不过还是不能宁静，一会逃到书桌里，任你引诱呼唤也不肯出头。于是我便把食物送到抽屉口上，不再打扰它的自由。这样两天过去，它居然成为我们家庭的附属，除了去厨房排泄（那事引起女用人千百次的怨言），不轻易下楼一步。而且我在哪里，它要追到哪里，我在沙发上睡，它便伏在沙发背上，我在书桌上读书，它便卧在字典旁边，夜里睡在我的脚头，需要下楼便喵喵两声，由我替它开门。这还不算，它最能知道我晚上下班的时间，汽车喇叭一响，它便跳到地上叫喊，有时女用人听不到声音，还是它的喊叫把她唤醒。妻不爱猫狗，但对于"大咪"（那只猫的专名）的美德也愿意广为宣扬，到过我家的客人，谁都知道这一段催女用人开门的故事。

我单身离沪赴港，没有把"大咪"带到南国的理由，然而我总是写信问，总是托妻照顾它的生活。家人过港，我吩咐把它带走，下船却只有三个孩子，没看到那个黑"虎狸"白肚皮的动物。事后问起她们，才知道我离沪不久，"大咪"也就失踪，据说又回到它的旧主人那里，妻怕我伤心，写信不肯提起，不过在她叙述经过的时候，我却不能掩抑我的悲怀，宛然是丧失一个好朋友的滋味。而这次颇给了我养猫的新经验，cat attaches to places 并不见得完全正确的。

香港也够上耗子为灾（其情形也许仅次于重庆），猫却不是什么珍品，养猫的风气也不兴盛。一次大女儿从街上抱到家里一只又脏又丑不足满月的乳猫，居然养它长大，但是从罗便臣道迁往跑马地不久，它便另外找到比我家更为安适的地方了。这件事对我没有什么感觉，孩子却痛哭一场。妻说大孩子肖父不肖母，爱猫狗的特性也跟我。每次这样说，我总是得意地笑，因为如果像二女儿那样对猫狗毫无爱惜，我家以后将永无家畜的踪影了，那是多么单调可怕的景象！

　　爱猫狗是同情心丰富的表现，像我这样一个平凡的人，不会有什么优良的品德传于儿女，因而对于大女儿的肖父特性，觉得非常值得安慰了。

自然的猫

许地山

人与猫相处，觉得猫有许多生理上及心理上的特性。如独生猫，每为人所喜爱。中国各处有相同的口诀，说："一龙，二虎，三太保，四老鼠。"意思是独生的猫如龙，孪生的猫似虎。一胎三只以上就不大好了。闽南人的口诀是："一龙，二虎，三偷食，四背祖。"所以生三只，四只，不是懒怯，就是不认主人。但这都是人们对于猫的见解，究竟如何，也不能断定。在《贤奕》里引出一段龙猫、虎猫的笑话。

齐奄家畜一猫，自奇之，号于人曰虎猫。客说之曰，虎诚猛，不如龙之神也。请更名曰，龙猫。又客说之曰，龙固神于虎也。龙升天，须浮云。云其尚于龙乎？不如名曰云。又客说之曰，云霭蔽天，风倏散之。云固不敌风也。请名曰风。又客说之曰，大风飙起，维屏与墙，斯足蔽矣。风其如墙何？名之曰墙猫。又客说之曰，维墙虽固，维鼠

穴之，墙斯圮矣，墙又如鼠何？即名曰鼠猫。东里丈人嗤
之曰，猫即猫耳，胡为自失其本真哉？

这可以见得名龙，名虎，乃属主观的，不必限于独生或孪
生的关系。又人对猫的观察常有错误。如说，猫捕食老鼠以后，
它的耳朵必定有缺。像老虎的耳朵在吃人以后的锯缺一样。大
概缺的原因是偶然的损伤，决非因吃了一个人或一只鼠就缺
一块。

有一件事最显然的是猫常有吃掉自己的小猫的情形。这情
形，在狗和别的动物中间也常见，不过人没注意到罢了。中国
人的解释是猫当乳哺时期，属虎的人不能去看它，若是看见了，
母猫必要徙窠，甚至把小猫都吃掉。空同子说："猫见寅人，
则衔其儿走徙其窠。"《黄氏日抄》说："猫初生，见寅肖人，
而自食其子。"但有些地方以为给属鼠的人见到，母猫就会把
小猫吃掉。又李元《蠕范》说："猫食鼠，上旬食头，中旬食
腹，下旬食足。"这也未见得是正确的观察，其实要看鼠的大
小，及猫的性格而定。有些猫只会捕鼠，把鼠咬死就算，一口
也不吃，有些只会捕鸟，看见老鼠都懒得去追。

欧洲人以为一只猫有九条命，因为它很难致死。这话在文
学上用得很多。德国的谚语甚至有"一只猫有九条命，一个女

人有九只猫的命"。表示女人的命比猫还要多几倍。从动物学的观点说，猫的命是由许多生理上的特长来保护着它。最惹人注意的是，凡猫从高处摔下，无论如何，四条腿总是先落在地上，不会摔伤。这现象固然是由于猫的祖先升树的习性所形成，但主要的还是它能利用身体的均衡运动。脊椎动物的耳里有半圆管司身体的均衡作用。这半圆管的功用在耳司听觉以前便有了。听觉是动物进化后才显出的作用，在此以前，身体的均衡比较重要。猫还保持着它灵敏的均衡作用，所以无论人怎样扔它，它很容易地翻过身来，使四只脚先着地。而且它的脚像安着弹簧一样，受全身的重力，一点也没受伤。如果一只猫不会这样，那就是因为它太被豢养惯了。

猫的触须很长，这也是哺乳动物所常有的，即如鲸的上唇也有。不过在猫族中，触须特别发达，因为它们要走在黑暗地方，这须于感觉的帮助很大。猫还有特灵的嗅觉和听觉。家猫与野猫都可以辨别极细微的声音。从这些声音，它们可以认识是从什么地方，什么东西发出的。但是它们所认的不是音的高低，乃是声的大小。它们能听人的说话，并不像狗那样真能懂得，只是由声的大小供给它们的联想而已。

猫可以在夜间看见东西。这是因为猫类多半是夜猎的兽，非到昏暗不出来，它们能利用微暗的光来看东西。它们的瞳子，因为须要光度的大小，而形成伸缩作用。所谓猫眼知时，乃是受光的强弱所生现象。关于依猫眼测时间的歌诀很多，最常见的是："子午线，卯酉圆，寅申巳亥银杏样，辰戌丑未侧如钱。"这在平常的时候，固然可以，如果在天阴、暗室里，就不一定准了。在越黑暗的地方，猫的瞳子放得越大。眼的网膜有一层光滑如镜的薄面，这也是帮助它能在暗处见物的一件法宝。因为它有这样的网膜，所以人每见它在暗处两眼发光。但在无光的地方如物理实验的暗房里，猫眼也不能被看见，因为所有的眼都不能自发光辉。所有的猫都是色盲的。它们住在一个灰色的世界里。它们虽然能够分辨红白，但也不是从色素，只是由光的刺激的大小分别出来。我们可以说猫不只是音聋和色盲，并且于听视二觉都有缺陷。它本是夜猎的兽类，所以对于声音与颜色只须能够辨别大小远近就够了。

俗语说："猫认屋，狗认人。"猫有本领认识它所住的地方，虽然把它送到很远，若不隔着水和高墙，它总会寻道回来。这个本领在林栖的动物中常有，尤其是在乳哺期间，母兽必有寻道还窠的能力，不然，小兽就会有危险。

中国书上常说，猫的鼻端常冷，唯夏至一日暖。这是因为它的鼻常湿，为要增加嗅觉作用，与阴阳气无关。

猫的感情作用，最显然的是见到狗或恐怖时，全身的毛竖立起来。不过这不必每只猫都是一样，有的与狗做朋友，见了一点也不害怕。毛竖的现象，在人类与其他哺乳动物都有，在肾脏的前头有一个小小的器官，名叫"肾上腺"，它是对付一切非常境遇的器官。从这腺分泌肾上腺素（Adrenaline）游离于血液中间，分布到全身。这种分泌物，现在叫作"兴奋体"（Hormones）。它们是"化学的传信者"，常为保持身体的利益而分泌到身上各部分。肾上腺素一分泌出来，就可以增加血液的压力，紧张肌肉，增加心动等；还可以激动毛发下的小肌肉使毛发竖立起来。身体有强烈的情绪就是神经受了大刺激，如系属于恐怖的，肾上腺素立时要分泌出来，使血液里的糖分增加散布到各部分，它的主要功用，是可以振奋精神，如受伤出血时，可以使血在伤口凝结得快些。所以猫和人一样，在预备争斗或恐怖的时候，血里都满布着肾上腺素。这兴奋体是近代的发现，医药家每取肾上腺素来做止血药及提神药，大概所有的药房都可以买得到。

猫一竖毛，同时便发出吼声，身体四肢做备斗的姿势，它的生理上的变化也和人类一样。第一步是愤怒，由愤怒刺激肾上腺，肾上腺急激地制造肾上腺素，分泌出来随着血液传达到全身。身体于是完成争斗的预备而示现争斗的姿势。若是争斗起来，此肾上腺素一方面激起兴奋作用；受伤时，就显止血作用，若是斗不起来，情绪便渐渐松弛，身体姿势也就渐次复元了。

猫是最美丽最优雅的小动物，从来养它的人们不一定是为捕鼠，多是当它做家里的小伴侣。普通的家猫可分为二类，一是长毛种，一是短毛种，前者比较贵重，后者比较常见。长毛猫不是中国种，最有名的是"金奇罗"（Chinchilla），它的眼睛绿得很可爱。其次是"师莫克"（Smoke），它有琥珀样的眼睛。这两种长毛猫在欧洲的名品很多，毛色多带灰蓝，但其他色泽也有。还有一种名"达比士"（Tabbies），也很可贵。所有长毛猫都是一个原种变化出来的。中国的长毛猫古时多从波斯输入，所以也称为波斯猫或狮猫。短毛猫各国都有。讲究养猫的，都知道此中的优种是亚比亚尼亚种、俄罗斯种、暹罗种。亚比亚尼亚猫很像埃及种，大概是古埃及的遗种。这种猫身尾脚耳都很长，颜色多为黑、褐，很少白的。俄罗斯猫眼带绿色，毛细而密，为北方优种。暹罗猫多乳白色，头脚尾褐色，宝蓝眼，从前只饲于宫中，近来才流出各处。此外，如英国的人岛猫，属于短毛类，它的奇特处是没有尾巴，像兔子一样。中国的特种猫，据《猫苑》说，有闽粤交界的南澳岛所产的歧尾猫，这种猫的尾巴是卷曲的，名叫麒麟尾，或如意尾，很会捕鼠。又四川简州有一种四耳猫，耳中另有小耳，擅于捕鼠，州官每用来充作方物贡送寅僚，四川通志和袁枚《续子不语》（卷四）都记载这话，但不知道所谓四耳，究竟是怎样的。

以上关于猫的话，不过是略述猫的神话、人事与自然三方面。因为它对于人的关系那么久远，养它的人不一定是为治鼠，才把它留在家里。它也是家庭的好伴侣，若将它与狗来比，它是静的和女性的，狗正与它相反。作者一向爱猫，故此不惮烦地写了这一大篇给同爱的读者。

猫打架

周作人

　　现在时值阴历三月，是春气发动的时候，夜间常常听见猫的嗥叫声甚凄厉，和平时迥不相同，这正是"猫打架"的时节，所以不足为怪的。但是实在吵闹得很，而且往往是在深夜，忽然庭树间嗥的一声，虽然不是什么好梦，总之给它惊醒了，不是愉快的事情。这便令我想起五四前后初到北京的事情来，时光过得真快，这已是四十多年前的事了。我写过《补树书屋旧事》，第七篇叫作《猫》，这里让我把它抄一节吧：

　　说也奇怪，补树书屋里的确也不大热，这大概与那大槐树有关系，它好像是一顶绿的大日照伞，把可畏的夏日都给挡住了。这房屋相当阴暗，但是不大有蚊子，因为不记得用过什么蚊子香；也不曾买有蝇拍子，可是没有苍蝇进来，虽然门外面的青虫很有点讨厌。那么旧的屋里该有老鼠，却也并不是，倒是不知道哪里的猫常在屋上骚扰，往往叫人整半夜睡不着觉，在一九一八年旧日记里边便有三四处记着"夜为猫所扰，不能安睡"。不知道在鲁迅日记上有无记载，事实上在那时候大抵是大怒而起，拿着一支竹竿，搬了小茶几，到后檐下放好，他便上去用竹竿痛打，把它们打散，但也不长治久安，往往过一会又回来了。《朝花夕拾》中有一篇讲到猫的文章，其中有些是与这有关的。

说到《朝花夕拾》，虽然这是有许多人看过的书，现在我也找有关摘抄一点在这里：

> 要说得可靠一点，或者倒不如说不过因为它们配合时候的嗥叫，手续竟有这么繁重，闹得别人心烦，尤其是夜间要看书睡觉的时候。当这些时候，我便要用长竹竿去攻击它们。狗们在大道上配合时，常有闲汉拿了木棍痛打；我曾见大勃吕该尔的一张铜版画上也画着这样事，可见这样的举动，是古今中外一致的。打狗的事我不管，至于我的打猫，却只因为它们嚷嚷，此外并无恶意。

可是奇怪得很，日本诗人们却对它很是宽大，特别是以松尾芭蕉为祖师一派俳人（做俳句的人），不但不嫌恶它还收它到诗里去，我们仿大观园的傻大姐称之曰猫打架的，他们却加以正面的美称曰猫的恋爱，在《俳谐岁时记》中春季项下堂堂地登载着。俳句中必须有季题，这《岁时记》便是那些季题的集录，在《岁时记》春季的动物项下便有猫的恋爱这一种，解说道：

> 猫的交尾虽是一年有四回，但以春天为显著。时届早春，凡入交尾期的猫也不怕人，不避风雨，昼夜找寻雌猫，到处奔走，连饭也不好好地吃。常有数匹发疯似的争斗，用了极其迫切的叫声诉其热情。数日之后，憔悴受伤，遍身乌黑地回来，情形很是可怜。

这里诗人对于它们似乎颇有同情，芭蕉有诗云：

> 吃了麦饭，为了恋爱而憔悴了么，女猫。

比他稍后的召波则云：

> 爬过了树，走近前来调情的男猫啊。

但是高井几厘的句云：

滚了下去的声响，就停止了的猫的恋爱。

又似乎说滚得好，有点拿长竹竿的意思了。小林一茶说：

睡了起来，打了一个大呵欠的猫的恋爱。

这与近代女流俳人杉田久女所说的：

恋爱的猫，一步也不走进夜里的屋门。

大概只是形容它们的忙碌罢了。

《俳谐岁时记》是从前传下来的东西，虽然新的季题不断地增入，可是旧的却还是留着，这里"猫的恋爱"与鸟雀交尾总还是事实，有些空虚的传说却也罗列着，例如"田鼠化为鴽"以及"獭祭鱼"之类。大概这很受中国的《月令》里七十二候的影响，不过大雪节的三候中有"虎始交"，《岁时记》里却并不收，我想或者是因为难得看见老虎的缘故吧。虎猫本是同类，恐怕也是那么的嚷嚷的，但是不听见有人说起过，现代讲动物园的书有些描写它们的生活，也不曾见有记录。《七十二候图赞》里画了两只老虎相对，一只张着大嘴，似乎是吼叫的样子，这或者是仿那猫的作风而画的吧。赞曰：

> 虎至季冬，感气生育，虎客不复，后妃乱政。

意思不很明白，第三句里似乎可能有刻错的字，但是也不知道正文是什么字了。

赋得猫

周作人

　　我很早就想写一篇讲猫的文章。在我的《书信》里《与俞平伯君书》中有好几处说起，如廿一年十一月十三日云：

　　"昨下午北院叶公过访，谈及索稿，词连足下，未知有劳山的文章可以给予者欤。不佞只送去一条穷裤而已，虽然也想多送一点，无奈材料缺乏，别无可做，想久写一小文以猫为主题，亦终于未着笔也。"叶公即公超，其时正在编辑《新月》。十二月一日又云：

　　病中又还了一件文债，即新印《越谚》跋文，此后拟专事翻译，虽胸中尚有一猫，盖非至一九三三年未必下笔矣。

　　但二十二年二月二十五日又云：

近来亦颇有志于写小文，仍有暇而无闲，终未能就，即一年前所说的猫亦尚任其屋上乱叫，不克捉到纸上来也。

如今已是一九三七，这四五年中信里虽然不曾再说，心里却还是记着，但是终于没有写成。这其实倒也罢了，到现在又来写，却为什么缘故呢？

当初我想写猫的时候，曾经用过一番工夫。先调查猫的典故，并觅得黄汉的《猫苑》二卷，仔细检读，次又读外国小品文。如林特（R.Lynd），密伦（A.A.Milne），却贝克（K.Capek）等，公超又以路加思（E.V.Lucas）文集一册见赠，使我得见所著谈动物诸文，尤为可感。可是愈读愈胡涂，简直不知道怎样写好，因为看过人家的好文章，珠玉在地，不必再去摆上一块砖头，此其一。材料太多，贪吃便嚼不烂，过于踌躇，不敢下笔，此其二。大约那时的意思是想写草木虫鱼一类的文章，所以还要有点内容，讲点形式，却是不大容易写，近来觉得这也可以不必如此，随便说说话就得了，于是又拿起那个旧题目来，想写几句话交卷。这是先有题目而作文章的，故曰赋得，不过我写文章是以不切题为宗旨的，假如有人想拿去当作赋得体的范本，那是上当非浅，所以请大家不要十分认真才好。

现在我的写法是让我自己来乱说，不再多管人家的鸟事。

以前所查过的典故看过的文章幸而都已忘却了，《猫苑》也不翻阅，想到什么可写的就拿来用。这里我第一记得清楚的是一件老姨与猫的故事，出在霁园主人著的《夜谈随录》里。此书还是前世纪末读过，早已散失，乃从友人处借得一部检之，在第六卷中，是《夜星子》二则中之一。其文云：

> 京师某宦家，其祖留一妾，年九十余，甚老耄，居后房，上下呼为老姨。日坐炕头，不言不笑，不能动履，形似饥鹰而健饭，无疾病。尝畜一猫，与相守不离，寝食共之。宦一幼子尚在襁褓，夜夜啼号，至睡方辍，匝月不愈，患之。俗传小儿夜啼谓之夜星子，即有能捉之者。于是延捉者至家，礼待甚厚，捉者一半老妇人耳。是夕就小儿旁设桑弧桃矢，长大不过五寸，矢上系素丝数丈，理其端于无名之指而拈之。至夜半月色上窗，儿啼渐作，顷之隐隐见窗纸有影倏进倏却，仿佛一妇人，长六七寸，操戈骑马而行。捉者摆手低语曰，夜星子来矣来矣！亟弯弓射之，中肩，唧唧有声，弃戈返驰，捉者起急引丝率众逐之。拾其戈观之，一搓线小竹签也。迹至后房，其丝竟入门隙，群呼老姨，不应，因共排阖燃烛入室，遍觅无所见。搜索久之，忽一小婢惊指曰，老姨中箭矣！众视之，果见小矢钉

老姨肩上，呻吟不已，而所畜猫犹在跨下也，咸大错愕，巫为拔矢，血流不止。捉者命扑杀其猫，小儿因不复夜啼，老姨亦由此得病，数日亦死。

后有兰岩评语云：“怪出于老姨，诚不知其何为，想系猫之所为，老姨龙钟为其所使耳。卒乃中箭而亡，不亦冤乎。”同卷中又有《猫怪》三则，今悉不取，此处评者说是猫之所为亦非，盖这篇《夜星子》的价值重在是一件巫蛊案，猫并不是主，乃是使也。我很想知道西汉的巫蛊详情，可是没有工夫去查考，所以现在所说的大抵是以西欧为标准，巫蛊当作 witch-craft 的译语，所谓使即是 familiars 也。英国蔼堪斯泰因女士（Lina Eckenstein）曾著《儿歌之研究》，二十年前所爱读，其遗稿《文字的咒力》（*A Spell of Words*, 1932）中第一篇云《猫及其同帮》，于我颇有用处。第一章《猫或狗》中云：

在北欧古代猫也算是神圣不可犯的，又用作牺牲。木桶里的猫那种残酷的游戏在不列颠一直举行，直至近代。这最好是用一只猫，在得不到的时候，那就用烟煤，加入桶中。

在法兰西比利时直至近代，都曾举行公开的用猫的仪式。圣约翰祭即中夏夜，在巴黎及各处均将活猫关在笼里，抛到

113

火堆里去。在默兹地方，这个习俗至一七六五年方才废除。比利时的伊不勒思及其他城市，在圣灰日即四旬斋的第一日举行所谓猫祭，将活猫从礼拜堂塔顶掷下，意在表示异端外道就此都废弃了。猫是与古代女神茀赖耶有系属的，据说女神尝跟着军队，坐了用许多猫拉着的车子。书上说现在伊不勒思尚留有遗址，原是献给一个女神的庙宇。

第二章《猫与巫》中又云：

　　猫在欧洲当作家畜，其事当直在母权社会的时代。猫是巫的部属，其关系极密切，所以巫能化猫，而猫有时亦能幻作巫形。兔子也有同样的情形，这曾被叫作草猫的。德国有俗谚云，猫活到二十岁便变成巫，巫活到一百岁时又变成一只猫。

　　一五八四年出版的巴耳温的《留心猫儿》中有这样的话，巫是被许可九次把她自己化为猫身。《罗米欧与朱丽叶》中谛巴耳特说，你要我什么呢？麦邱细阿答说，美猫王，我只要你九条性命之一而已。据英法人说，女人同猫一样也有九条性命，但在格伦绥则云那老太太有七条性命，正如一只黑猫。

又有俗谚云，猫有九条性命，而女人有九只猫的性命。
（案此即八十一条性命矣。）

巫可以变化为猫或兔，十七世纪的知识阶级还都相信
这是可能的事。

烧猫的习俗，茀来则博士（J.G.Frazer）自然知道得最多，
可惜我只有一册节本的《金枝》（*The Golden Bough*），只可
简单的抄几句。在六十四章《火里烧人》中云：

> 在法国阿耳登思省，四旬斋的第一星期日，猫被扔到
> 火堆里去，有时候残酷稍为醇化了，便将猫用长竿挂在火
> 上，活活的烤死。他们说，猫是魔鬼的代表，无论怎么受
> 苦都不冤枉。

他又解释烧诸动物的理由云：

> 我们可以推想，这些动物大约都被算作受了魔法的咒
> 力的，或者实在就是男女巫，他们把自己变成兽形，想去
> 进行他们的鬼计，损害人类的福利。这个推测可以证实，
> 只看在近代火堆里常被烧死的牺牲是猫，而这猫正是据说

巫所最喜变的东西，或者除了兔以外。

这样大抵可以说明老姨与猫的关系。总之老姨是巫无疑了，猫是她的不可分的系属物。理论应该是老姨她自己变了猫去作怪，被一箭射中猫肩，后来却发现这箭是在她的身上。如散茂斯（M.Summers）在所著《僵尸》（*The Vampire*, 1928）第三章《僵尸的特性及其习惯》中云：

这是在各国妖巫审问案件中常见的事，有巫变形为猫或兔或别的动物，在兽形时遇着危险或是受了损伤，则回复原形之后在他的人身上也有着同样的伤或别的损害。

这位散茂斯先生著作颇多，此外我还有他的名著《变狼人》《巫术的历史》与《巫术的地理》，就只可惜他是相信世上有巫术的，这又是非圣无法故该死的，因此我有点不大敢请教，虽然这些题目都颇珍奇，也是我所想知道的事。吉忒勒其教授（G.L.Kittredge）的《旧新英伦之巫术》（*The Witch-craft in Old and New England*, 1929）第十章《变形》中亦云：

"关于猫巫在兽形时受害，在其原形受有同样的伤，有无数的近代的例证。"在小注中列举书名出处甚多。吉忒勒支曾编订英国古民谣为我所记忆，今此书亦是我爱读的，其小序中有小节云：

"有见于近时所出讲巫术的诸书，似应慎重一点在此声明，我并不相信黑术（案即害他的巫术），或有魔鬼干预活人的日常生活。"由是可知他的态度是与《僵尸》的著者相反的，我很有同感，可是文献上的考据还是一样，盖档案与大众信心固是如此，所谓泰山可移而此案难翻者也。

话又说了回来，老姨却并不曾变猫，所以不是属于这一部类的。这头猫在老姨只是一种使，或者可称为鬼使（familiar spirit）。茂来女士（M.A.Murray）于一九二一年著《西欧的巫教》（*The Witch-cult in Western Europe*），辨明所谓巫术实是古代的原始宗教之余留，也是我所尊重的一部书，其第八章论《使与变形》是最有价值的论断。据她在这里说：

"苏格兰法律家福布斯说过，魔鬼对于他们给与些小鬼，以通信息，或供使令，都称作古怪名字，叫着时它们就答应。这些小鬼放在瓦罐或是别的器具里。"大抵使有两种：一云占卜使，即以通信息，犹中国的樟柳神；一云畜养使，即以供使令，犹如蛊也。书中又云：

畜养使平常总是一种小动物，特别用面包牛乳和人血喂

117

养，又如福布斯所云，放在木匣或瓦罐里，底垫羊毛。这可以用了去对于别人的身体或财产使行法术，却决不用以占卜。吉法特在十六世纪时记述普通一般的所信云：巫有她们的鬼使，有的只一个，有的更多，自二以至四五，形状各不相同，或像猫、黄鼠狼、癞虾蟆，或小老鼠，这些她们都用牛乳或小鸡喂养，或者有时候让它们吸一点血喝。

在早先的审问案件里巫女招承自刺手或脸，将流出来的血滴给鬼使吃。但是在后来的案件里这便转变成鬼使自己喝巫女的血，所以在英国巫女算作特色的那冗乳（案即赘疣似的多余的乳头），普通都相信就是这样舐吮而成的。

吉忒勒其教授云：

"一五五六年在千斯福特举行的伊里查白时代巫女大审问的第一案里，猫就是鬼使。这是一头白地有斑的猫，名叫撒但，喝血吃。"恰好在茂来女士书里有较详的记载，我们能够知道这猫本来是法兰色斯从祖母得来的，后来她自己养了十五六年，又送给一位老太太华德好司，再养了九年，这才破案。因为本来是小鬼之流，所以又会转变，如那头猫后来就化为一只癞虾蟆了。法庭记录（见茂来书中）说：

"据该妪华德好司供，伊将该猫化为蟾蜍，系因当初伊用瓦罐中垫羊毛养放该猫，历时甚久，嗣因贫穷不能得羊毛，伊遂用圣父圣子圣灵之名祷告，愿其化为蟾蜍，于是该猫化为蟾蜍，养放罐中，不用羊毛。"这是一个理想的好例，所以大家都首先援引，此外鬼使作猫形的还不少，茂来女士书中云：

> 一六二一年在福斯东地方扰害费厄法克思家的巫女中，有五人都有畜养使的。惠忒的是一个怪相的东西，有许多只脚，黑色，粗毛，像猫一样大。惠忒的女儿有一鬼使，是一只猫，白地黑斑，名叫印及思。狄勃耳有一大黑猫，名及勃，已经跟了她有四十年以上了。她的女儿所有鬼使是鸟形的，黄色，大如鸦，名曰啁唥。狄更生的鬼使形如白猫，名菲利，已养了有二十年。

由此可知猫的地位在那里是多么高的了。吉忒勒其教授书中（仍是第十章）又云：

> 驯养的乡村的猫，在现今流行的迷信里，还保存着好些他的魔性。猫会得吸睡着的小孩的气，这个意见在旧的和新的英伦（案即英美两国）仍是很普遍。又有一种很普遍的思想，说不可令猫近死尸，否则会把尸首毁伤。这在

我们本国（案即美国）变成了一种高明的说法，云：勿使猫近死人，怕他会捕去死者的灵魂。我们记得，灵魂常从睡着的人的嘴里爬出来，变成小老鼠的模样！

讲到这里我们可以知道老姨的猫是属于这一类的畜养使，无论是鬼王派遣来，或是养久成了精，总之都是供老姨的使令用的，所以跨了当马骑正是当然的事。到了后来时不利兮骓不逝，主人无端中了流矢，猫也就殉了义，老姨一案遂与普通巫女一样的结局了。

我听人家所讲猫的故事里，还有一件很有意思的，即是猫替猴子伸手到火炉里抓煨栗子吃，觉得十分好玩，想拿来做文章的主题，可是末了终于决定借用这老姨的猫。为什么呢？这件故事很有意思，因为这与中国的巫蛊和欧洲的巫术都有关系，虽然原只是一篇志异的小说。以汉朝为中心的巫蛊事情我很想知道，如上边所已说过，只是尚无这个机缘，所以我在几本书上得来的一点知识单是关于巫术的。那些巫、马披、沙满、药师等的哲学与科学，在我都颇有兴趣而且稍能理解，其荒唐处固自言之成理，亦复别有成就，克拉克教授在《西欧的巫教》附录中论一女所用飞行药膏的成分，便是很有趣的一例。其结论云：

　　我不能说是否其中那一种药会发生飞行的感觉，但这里使用乌头（aconite）我觉得很有意思。睡着的人的心脏动作不匀使人感觉突然从空中下坠，今将用了使人昏迷的莨菪与使心脏动作不匀的乌头配合成剂，令服用者引起飞行的感觉，似是很可能的事。

　　这样戳穿西洋镜似乎有点杀风景，不如戈耶所画老少二女白身跨一扫帚飞过空中的好，我当然也很爱好这西班牙大匠的画；但是我也很喜欢知道这三个药方，有如打听得祝由科的几门手法或会党的几句口号，虽不敢妄希仙人的他心通，唯能多察知一点人情物理，亦是很大的喜悦。茂来女士更证明中古巫术原是原始的地亚那教（Diana-Cult）之留遗，其男神名地亚奴思，亦名耶奴思（Janus），古罗马称正月即从此神名衍出，通行至今，女神地亚那之徒即所谓巫，其仪式乃发生繁殖的法术也。虽然我并不喜吃菜事魔，自然更没有骑扫帚的兴趣，但对于他们鬼鬼祟祟的花样却不无同情，深觉得宗教审问院的那些拷打杀戮大可不必。多年前我读英国克洛特（E.Clodd）的《进化论之先驱》与勒吉（W.E.H.Lecky）的《欧洲唯理思想史》，才对于中古的巫术案觉得有注意的价值，就能力所及略为涉猎，一面对那时政教的权威很生反感，一面也深感危惧，看了心惊眼跳，不能有隔岸观火之乐。

　　附记　黄汉《猫苑》卷下，引《夜谈随录》，云有李侍郎从苗疆携一苗婆归，年久老病，尝养一猫酷爱之，后为夜星子，与原书不合，不知何所本，疑未可凭信。

（有删节）

狗·猫·鼠

鲁迅

　　从去年起，仿佛听得有人说我是仇猫的。那根据自然是在我的那一篇《兔和猫》；这是自画招供，当然无话可说，——但倒也毫不介意。一到今年，我可很有点担心了。我是常不免于弄弄笔墨的，写了下来，印了出去，对于有些人似乎总是搔着痒处的时候少，碰着痛处的时候多。万一不谨，甚而至于得罪了名人或名教授，或者更甚而至于得罪了"负有指导青年责任的前辈"之流，可就危险已极。为什么呢？因为这些大脚色是"不好惹"的。怎地"不好惹"呢？就是怕要浑身发热之后，做一封信登在报纸上，广告道："看哪！狗不是仇猫的么？鲁迅先生却自己承认是仇猫的，而他还说要打'落水狗'！"这"逻辑"的奥义，即在用我的话，来证明我倒是狗，于是而凡有言说，全都根本推翻，即使我说二二得四，三三见九，也没有一字不错。这些既然都错，则绅士口头的二二得七，三三见千等等，自然就不错了。

我于是就间或留心着查考它们成仇的"动机"。这也并非敢妄学现下的学者以动机来褒贬作品的那些时髦，不过想给自己预先洗刷洗刷。据我想，这在动物心理学家，是用不着费什么力气的，可惜我没有这学问。后来，在覃哈特博士（Dr. O.Dähnhardt）的《自然史底国民童话》里，总算发见了那原因了。据说，是这么一回事：动物们因为要商议要事，开了一个会议，鸟，鱼，兽都齐集了，单是缺了象。大会议定，派伙计去迎接它，拈到了当这差使的阄的就是狗。"我怎么找到那象呢？我没有见过它，也和它不认识。"它问。"那容易，"大众说，"它是驼背的。"狗去了，遇见一匹猫，立刻弓起脊梁来，它便招待，同行，将弓着脊梁的猫介绍给大家道："象在这里！"但是大家都嗤笑它了。从此以后，狗和猫便成了仇家。

日耳曼人走出森林虽然还不很久，学术文艺却已经很可观，便是书籍的装潢，玩具的工致，也无不令人心爱。独有这一篇童话却实在不漂亮；结怨也结得没有意思。猫的弓起脊梁，并不是希图冒充，故意摆架子的，其咎却在狗的自己没眼力。然而原因也总可以算作一个原因。我的仇猫，是和这大大两样的。

其实人禽之辨，本不必这样严。在动物界，虽然并不如古人所幻想的那样舒适自由，可是噜苏做作的事总比人间少。它们适性任情，对就对，错就错，不说一句分辩话。虫蛆也许是不干净的，但它们并没有自鸣清高；鸷禽猛兽以较弱的动物为饵，不妨说是凶残的罢，但它们从来就没有竖过"公理""正义"的旗子，使牺牲者直到被吃的时候为止，还是一味佩服赞叹它们。人呢，能直立了，自然是一大进步；能说话了，自然又是一大进步；能写字作文了，自然又是一大进步。然而也就堕落，因为那时也开始了说空话。说空话尚无不可，甚至于连自己也不知道说着违心之论，则对于只能嗥叫的动物，实在免不得"颜厚有忸怩"。假使真有一位一视同仁的造物主，高高在上，那么，对于人类的这些小聪明，也许倒以为多事，正如我们在万生园里，看见猴子翻筋斗，母象请安，虽然往往破颜一笑，但同时也觉得不舒服，甚至于感到悲哀，以为这些多余的聪明，倒不如没有的好罢。然而，既经为人，便也只好"党同伐异"，学着人们的说话，随俗来谈一谈，——辩一辩了。

现在说起我仇猫的原因来，自己觉得是理由充足，而且光明正大的。一，它的性情就和别的猛兽不同，凡捕食雀鼠，总不肯一口咬死，定要尽情玩弄，放走，又捉住，捉住，又放走，直待自己玩厌了，这才吃下去，颇与人们的幸灾乐祸，慢慢地折磨弱者的坏脾气相同。二，它不是和狮虎同族的么？可是有这么一副媚态！但这也许是限于天分之故罢，假使它的身材比现在大十倍，那就真不知道它所取的是怎么一种态度。然而，这些口实，仿佛又是现在提起笔来的时候添出来的，虽然也像是当时涌上心来的理由。要说得可靠一点，或者倒不如说不过因为它们配合时候的嗥叫，手续竟有这么繁重，闹得别人心烦，尤其是夜间要看书，睡觉的时候。当这些时候，我便要用长竹竿去攻击它们。狗们在大道上配合时，常有闲汉拿了木棍痛打；我曾见大勃吕该尔（P.Bruegeld.Ä）的一张铜版画 Allegorie der Wollust 上，也画着这回事，可见这样的举动，是中外古今一致的。自从那执拗的奥国学者弗罗特（S.Freud）提倡了精神分析说——Psychoanalysis，听说章士钊先生是译作"心解"的，虽然简古，可是实在难解得很——以来，我们的名人名教授也颇有隐隐约约，检来应用的了，这些事便不免又要归宿到性欲上去。打狗的事我不管，至于我的打猫，却只因为它们嚷嚷，此外并无恶意，我自信我的嫉妒心还没有这么博大，当现下"动辄获咎"之秋，这是不可不预先声明的。例如人们当配合之前，也很有些手续，新的是写情书，少则一束，多则一捆；旧的是什么"问名""纳采"，磕头作揖，去年海昌蒋氏在北京举行婚礼，拜来拜去，就十足拜了三天，还印有一本红面子的《婚礼节文》，《序论》里大发议论道："平心论之，既名为礼，当必繁重。专图简易，何用礼为？……然则世之有志于礼者，可以兴矣！不可退居于礼所不下之庶人矣！"然而我毫不生气，这是因为无须我到场；因此也可见我的仇猫，理由实在简简单单，只为了它们在我的耳朵边尽嚷的缘故。人们的各种礼式，局外人可以不见不闻，我就满不管，但如果当我正要看书或睡觉的时候，有人来勒令朗诵情书，奉陪作揖，那是为自卫起见，还要用长竹竿来抵御的。还有，平素不大交往的人，忽而寄给我一个红帖子，上面印着"为舍妹出阁""小儿完姻""敬请观礼"或"阖第光临"这些含有"阴险的暗示"的句子，使我不化钱便总觉得有些过意不去的，我也不十分高兴。

但是，这都是近时的话。再一回忆，我的仇猫却远在能够说出这些理由之前，也许是还在十岁上下的时候了。至今还分明记得，那原因是极其简单的：只因为它吃老鼠，——吃了我饲养着的可爱的小小的隐鼠。

听说西洋是不很喜欢黑猫的，不知道可确；但 Edgar Allan Poe 的小说里的黑猫，却实在有点骇人。日本的猫善于成精，传说中的"猫婆"，那食人的惨酷确是更可怕。中国古时候虽然曾有"猫鬼"，近来却很少听到猫的兴妖作怪，似乎古法已经失传，老实起来了。只是我在童年，总觉得它有点妖气，没有什么好感。那是一个我的幼时的夏夜，我躺在一株大桂树下的小板桌上乘凉，祖母摇着芭蕉扇坐在桌旁，给我猜谜，讲故事。忽然，桂树上沙沙地有趾爪的爬搔声，一对闪闪的眼睛在暗中随声而下，使我吃惊，也将祖母讲着的话打断，另讲猫的故事了——

"你知道么？猫是老虎的先生。"她说，"小孩子怎么会知道呢，猫是老虎的师父。老虎本来是什么也不会的，就投到猫的门下来。猫就教给它扑的方法，捉的方法，吃的方法，像自己的捉老鼠一样。这些教完了；老虎想，本领都学到了，谁也比不过它了，只有老师的猫还比自己强，要是杀掉猫，自己便是最强的脚色了。它打定主意，就上前去扑猫。猫是早知道它的来意的，一跳，便上了树，老虎却只能眼睁睁地在树下蹲着。它还没有将一切本领传授完，还没有教给它上树。"

这是侥幸的，我想，幸而老虎很性急，否则从桂树上就会爬下一匹老虎来。然而究竟很怕人，我要进屋子里睡觉去了。夜色更加黯然；桂叶瑟瑟地作响，微风也吹动了，想来草席定已微凉，躺着也不至于烦得翻来覆去了。

几百年的老屋中的豆油灯的微光下，是老鼠跳梁的世界，飘忽地走着，吱吱地叫着，那态度往往比"名人名教授"还轩昂。猫是饲养着的，然而吃饭不管事。祖母她们虽然常恨鼠子们啮破了箱柜，偷吃了东西，我却以为这也算不得什么大罪，也和我不相干，况且这类坏事大概是大个子的老鼠做的，决不能诬陷到我所爱的小鼠身上去。这类小鼠大抵在地上走动，只有拇指那么大，也不很畏惧人，我们那里叫它"隐鼠"，与专住在屋上的伟大者是两种。我的床前就帖着两张花纸，一是"八戒招赘"，满纸长嘴大耳，我以为不甚雅观；别的一张"老鼠成亲"却可爱，自新郎新妇以至傧相，宾客，执事，没有一个不是尖腮细腿，像煞读书人的，但穿的都是红衫绿裤。我想，能举办这样大仪式的，一定只有我所喜欢的那些隐鼠。现在是粗俗了，在路上遇见人类的迎娶仪仗，也不过当作性交的广告看，不甚留心；但那时的想看"老鼠成亲"的仪式，却极其神往，即使像海昌蒋氏似的连拜三夜，怕也未必会看得心烦。正月十四的夜，是我不肯轻易便睡，等候它们的仪仗从床下出来的夜。然而仍然只看见几个光着身子的隐鼠在地面游行，不像正在办着喜事。直到我熬不住了，快快睡去，一睁眼却已经天明，到了灯节了。也许鼠族的婚仪，不但不分请帖，来收罗贺礼，虽是真的"观礼"，也绝对不欢迎的罢，我想，这是它们向来的习惯，无法抗议的。

老鼠的大敌其实并不是猫。春后，你听到它"咋！咋咋咋咋！"地叫着，大家称为"老鼠数铜钱"的，便知道它的可怕的屠伯已经光降了。这声音是表现绝望的惊恐的，虽然遇见猫，还不至于这样叫。猫自然也可怕，但老鼠只要窜进一个小洞去，它也就奈何不得，逃命的机会还很多。独有那可怕的屠伯——

蛇，身体是细长的，圆径和鼠子差不多，凡鼠子能到的地方，它也能到，追逐的时间也格外长，而且万难幸免，当"数钱"的时候，大概是已经没有第二步办法的了。

有一回，我就听得一间空屋里有着这种"数钱"的声音，推门进去，一条蛇伏在横梁上，看地上，躺着一匹隐鼠，口角流血，但两胁还是一起一落的。取来给躺在一个纸盒子里，大半天，竟醒过来了，渐渐地能够饮食，行走，到第二日，似乎就复了原，但是不逃走。放在地上，也时时跑到人面前来，而且缘腿而上，一直爬到膝髁。给放在饭桌上，便检吃些菜渣，舐舐碗沿；放在我的书桌上，则从容地游行，看见砚台便舐吃了研着的墨汁。这使我非常惊喜了。我听父亲说过的，中国有一种墨猴，只有拇指一般大，全身的毛是漆黑而且发亮的。它睡在笔筒里，一听到磨墨，便跳出来，等着，等到人写完字，套上笔，就舐尽了砚上的余墨，仍旧跳进笔筒里去了。我就极愿意有这样的一个墨猴，可是得不到；问那里有，那里买的呢，谁也不知道。"慰情聊胜无"，这隐鼠总可以算是我的墨猴了罢，虽然它舐吃墨汁，并不一定肯等到我写完字。

现在已经记不分明，这样地大约有一两月；有一天，我忽然感到寂寞了，真所谓"若有所失"。我的隐鼠，是常在眼前游行的，或桌上，或地上。而这一日却大半天没有见，大家吃午饭了，也不见它走出来，平时，是一定出现的。我再等着，再等它一半天，然而仍然没有见。

长妈妈，一个一向带领着我的女工，也许是以为我等得太苦了罢，轻轻地来告诉我一句话。这即刻使我愤怒而且悲哀，决心和猫们为敌。她说：隐鼠是昨天晚上被猫吃去了！

当我失掉了所爱的，心中有着空虚时，我要充填以报仇的恶念！

我的报仇，就从家里饲养着的一匹花猫起手，逐渐推广，至于凡所遇见的诸猫。最先不过是追赶，袭击；后来却愈加巧妙了，能飞石击中它们的头，或诱入空屋里面，打得它垂头丧气。这作战继续得颇长久，此后似乎猫都不来近我了。但对于它们纵使怎样战胜，大约也算不得一个英雄；况且中国毕生和猫打仗的人也未必多，所以一切韬略，战绩，还是全都省略了罢。

但许多天之后，也许是已经经过了大半年，我竟偶然得到一个意外的消息：那隐鼠其实并非被猫所害，倒是它缘着长妈妈的腿要爬上去，被她一脚踏死了。

这确是先前所没有料想到的。现在我已经记不清当时是怎样一个感想，但和猫的感情却终于没有融和；到了北京，还因为它伤害了兔的儿女们，便旧隙夹新嫌，使出更辣的辣手。"仇

131

猫"的话柄，也从此传扬开来。然而在现在，这些早已是过去的事了，我已经改变态度，对猫颇为客气，倘其万不得已，则赶走而已，决不打伤它们，更何况杀害。这是我近几年的进步。经验既多，一旦大悟，知道猫的偷鱼肉，拖小鸡，深夜大叫，人们自然十之九是憎恶的，而这憎恶是在猫身上。假如我出而为人们驱除这憎恶，打伤或杀害了它，它便立刻变为可怜，那憎恶倒移在我身上了。所以，目下的办法，是凡遇猫们捣乱，至于有人讨厌时，我便站出去，在门口大声叱曰："嘘！滚！"小小平静，即回书房，这样，就长保着御侮保家的资格。其实这方法，中国的官兵就常在实做的，他们总不肯扫清土匪或扑灭敌人，因为这么一来，就要不被重视，甚至于因失其用处而被裁汰。我想，如果能将这方法推广应用，我大概也总可望成为所谓"指导青年"的"前辈"的罢，但现下也还未决心实践，正在研究而且推敲。

养猫捕鼠

邓拓

《谈谈养狗》的短文刚发表，有一位同志就提醒我：狗和猫应该并提。人类养猫狗有同样的历史，它们都是有益的动物，如果房子里有老鼠，就更会想到养猫。所以，养狗、养猫无妨一起谈谈。

此话有理。我们要彻底消除四害，老鼠是四害之一，为了彻底消灭它，养猫也有不小的作用。只是一篇短文不容易把养狗和养猫两件事都说清楚，还是分开来谈比较好。现在就专讲养猫吧。

养猫的目的主要为了捕鼠。记得宋代黄庭坚写过一首《乞猫》的七绝，原诗如下：

秋来鼠辈欺猫去，倒箧翻床搅夜眠。

闻道狸奴将数子，买鱼穿柳聘衔蝉。

大概当时黄山谷家里的老鼠闹得很凶，竟然倒箧翻床，搅得他夜里总睡不好。其原因就在于他那一阵子不养猫了。他原先养过一只猫，老鼠在他家里不能活动，他每个晚上都睡得很稳。这就使他麻痹大意了，以为根本没有老鼠，养不养猫关系不大，于是就决定不再养猫。没想到，猫一去，老鼠就闹起来了。这一下子把他弄得好苦，到处打听，知道别人家养的猫快要生小猫，就赶紧准备，打算再抱一只来养。

我自己也有这样的经验。前几年，同院有好几只猫，加上除四害运动中掏窝灭鼠，效果很好，从那以后，久已不闻鼠患。近来我们的院子里，大家都不养猫，也没有继续用其他办法灭鼠，因此，老鼠又开始活动了。最近有一次，我们发现大小老鼠，鱼贯穿行于室内，公然示威，可谓嚣张已极。现在我也很希望能够打听到谁家的猫快要生产，好准备去讨一只小猫。

我想只要继续积极灭鼠，再养一只猫，鼠患就一定可以迅速消除。但是，到那时候又要注意，千万不可再抹杀猫儿的功绩，而嫌它"尸位素餐"了。记得宋代的林逋也写过一首《猫儿》诗，他说：

纤钩时得小溪鱼，饱卧花阴兴有余。
自是鼠嫌贫不到，莫惭尸素在吾庐。

林和靖似乎以为老鼠不到他家里，是因为他家里穷，而不直接承认这是猫儿捕鼠的功劳，这也许是写诗的时候故作波澜之笔，并非真意。但是，他看到猫儿吃饱了就在花荫中一躺，无所事事，却并不责怪，这恰恰表明他确实懂得了养猫的作用。我们如果养猫，也应该采取这样的态度。

明代的文徵明曾经派人从朋友家里抱来一只小猫，他写了一首律诗，题曰《乞猫》，原诗写道：

珍重从君乞小狸，女郎先已办氍毹。

自缘夜榻思高枕，端要山斋护旧书。

遣聘自将盐裹箸，策勋莫道食无鱼。

花阴满地春堪戏，正是蚕眠二月余。

此诗表明了一个地地道道的文人对于养猫所抱的态度。他的希望只是夜间能够高枕而眠，自己心爱的图书卷轴不至于被老鼠咬坏，如此而已。虽然他没有买鱼喂猫，但是，这并非表示他对猫儿捕鼠的功绩估计不足。我们现在喂猫，也不必都要有鱼。喂得太好了，它反倒不一定努力捕鼠，如果饿了它，更会使它努力捕鼠，这是一般人都有的经验。

在农村中，许多农民养猫的目的，当然又有所不同。农民们知道，猫儿对于保护农田作物是有积极作用的。特别是田鼠多的地方，不养猫要想消灭田鼠，几乎没有什么好办法。

据说，猫之所以得名，就因为它能够捕捉田鼠，保护禾苗。宋代陆佃的《埤雅》中，解释"猫"字的意义，说："鼠善害苗，而猫能捕鼠，去苗之害，故猫之字从苗。诗曰：有猫有虎。猫食田鼠，虎食田豕，故诗以誉韩奕。记曰：迎猫为其食田鼠也，迎虎为其食田豕也。"明代李时珍总结各家的解释，写道：

> 猫，苗、茅二音，其名自呼。陆佃云：鼠害苗而猫捕之，故字从苗。《礼记》所谓迎猫为其食田鼠也，亦通。《格古论》云：一名乌圆；或谓蒙贵即猫，非矣。

可见在农村中提倡养猫，具有特殊重要意义，因为田鼠偷吃粮食和传染疾疫，比家鼠有过之无不及。而这些鼠类繁殖力都非常强盛。据统计，家鼠牝牡一对，四年之间能繁殖一百七十六万三千四百头；田鼠牝牡一对，四年之间能繁殖一亿一千六百八十二万七千九百二十头。这又证明，无论在农村或城市，消灭鼠害始终是一个重大的任务，随时都要抓紧，不可放松。

照上面所说的理由，我们完全可以肯定养猫捕鼠是有必要的。因为我们大家日常忙于生产和工作，不可能经常捕捉老鼠，放毒药、设机关又有副作用，都不如养猫捕鼠比较切实有效。

狗的眼力，总是和它的主人差不了多少

冯骥才

爱犬的天堂

一位久居巴黎的华人，姓蔡，绰号"老巴黎"。他问我："你在巴黎也住了不少天，能说出巴黎哪几样东西多吗？"

我想了想，便说："巴黎有四多。第一是书店多，有时一条街能碰上两三家书店。第二是药店多，第三是眼镜店多，这两种店的霓虹灯标志到处可以看到。药店的霓虹灯是个绿色的十字，眼镜店的霓虹灯是个蓝色的眼镜架。眼镜店和书店总是连在一起的：看书的人多，近视眼肯定多。至于第四，是——"我故意停顿一下，好加强我下边的话："狗屎多！刚才我还踩了一脚！"说完我笑起来，很得意于自己对巴黎的"发现"。

"老巴黎"蔡先生说："你们写文章的人观察力还真不赖。这四样说得都对。只是最后一样……看来你很反感。这说明你对巴黎人还不大了解。好，这么办吧，我介绍你去个地方看看。这地方叫作阿斯尼埃尔。"

待我去到那里一看，阿斯尼埃尔原来是一座公墓。再一问，竟是一座狗公墓！它最早是在塞纳河的一个小岛上，后来这岛的一边的河道被填平，它便成了岸边的一块狭长的阔地，长满了花草树木，在这中间耸立着一排排墓碑。不过它比起人的墓碑要小上一号，最高不过一米。在每一块小巧而精致的墓碑下，都埋葬着一个曾经活过的人间宠物。

狗公墓也和人的墓地一样宁静，静得像教堂，肃穆而安详。坟墓的样式很少重复，有的是古典式样，有的很有现代味，有的是自然主义的做法，用石头砌一座狗儿生前居住的那种小屋。墓碑上边刻着狗的名字，生卒年月，铭文，甚至还记载着墓中的狗一生不凡的业绩。比如一个墓碑上说"墓主人"曾经得过"七个冠军"。还有一个墓碑上写着"这只狗救活了四十个人，但它却被第四十一个人杀死了"。虽然我们不知道这只狗的故事，却叫我们感受到一个英雄的悲剧，让我们觉得这狗的墓地绝非只是埋葬一些宠物那么简单。

不少坟墓还有精美的雕像，或是天使，或是盛开的花朵，或是"墓主人"的形象——有的是一个可爱的头，有的是奔跑时的英姿。远看很像一座狗的雕塑博物馆。它与人的墓地的不同，便是每个墓碑前都修了一个方方正正的大理石的台子，大理石的颜色不同，有黑色的、白色的，也有绛红色的；上边放了各式各样的陶瓷的小狗、小猫、小车、小家具、小娃娃、小罐头、小枕头等，这是狗的主人们来扫墓时摆上去的。人们对待这些可怜的狗，就像对待自己早夭的孩子一样，以此留下他们深挚的怀念。

细细地看，就会看出每件陶瓷小品都是精心挑选的，都很精致和可爱。有的墓前摆了很多，多达十几种，但都摆放得错落有致，像一个个陈设着艺术品的美丽的小桌。这之间，有时还有彩绘的瓷盘和瓷片，印着一帧墓中小狗的照片，或者生前与它主人的合影。可是，往日的欢乐现在都埋葬在这沉默大地的下边了。

刚走进阿斯尼埃尔时，我看到一个胖胖的老年妇女由一个男孩子陪同走出来。一老一少的眼睛和鼻子都通红。显然他们刚刚扫完墓正要离去，神情带着十分的伤痛。后来在墓地里，我还看到一对来扫墓的年轻的夫妻。女子抱着一大束艳丽的鲜花，男子提着两大塑料袋的供品。一望即知他们与死去的爱犬深如大海般的情谊。他们先把大理石台子上的摆饰挪开，用毛刷和抹布打扫和清洗干净，然后从包里把新买来的陶瓷一件件拿出来重新布置，细心摆好，再用鲜花把这些衬托起来。那男子蹲在那里，一手扶着墓碑；那女子则站在他身边，双手抱在胸前，默然而立，似在祈祷，垂下来的长裙一动不动，静穆中分明有一种很深切的哀伤。我看到墓碑上的他们爱犬去世的时间为 1995 年。一只小狗死去五年，他们依旧悲痛如初。人与狗的情谊原来也可以同人与人一样深刻吗？

旁观别人的痛苦是不礼貌的。故而我走开了，与妻子去看墓碑上的碑文。我爱读碑文，碑文往往是人用一生写的，或是写人一生的。碑文更多是哲理。然而这狗墓地的碑文却一律是情感的宣泄，是人对狗单方面的倾诉。比如：

"自从你离开我，我没有一天眼睛里没有泪水。"

"你曾经把我从孤独中救了出来，现在我怎么救你？"

"咱们的家依然有你的位置，尽管你自己躺在这里。"

"回来吧，我的朋友，哪怕只是一天！"

在一棵老树下，有一座黑色的墓碑，上边写着被埋葬者的生卒时间为 1914 — 1929。这只狗的主人署名为 L.A。他写道：

"想到我曾经打过你，我更加痛苦！"

看到这句话，我被感动了，并由此知道狗在巴黎人生活中深层的位置。狗绝对不是他们看家护院的打手，不是玩物，也不是我前边说过的——宠物，而是人们不可缺少的心灵的伙伴。

在狗与人互为伙伴的巴黎生活中，天天会演出多少美好的故事来？

那么，这里埋着巴黎人的什么呢？是破碎的心灵还是残缺的人生？

　　阿斯尼埃尔的长眠者，不只有狗，还有猫、鸡、鸟、马。据说很早的时候还埋葬过一只大象。埋葬的意义便是纪念。对于巴黎人来说，这种纪念伙伴的方式由来已久。这墓地实际上是巴黎的古老的墓地之一，其历史至少一百五十年以上。现在墓地里还有一些百年老墓。狗的墓地与人的墓地最大的不同，是人有家族的血缘，可以代代相传，香火不断，坟墓可以不断地重修；但人与狗的缘分只是一生一世，很难延续到下一代。故此，阿斯尼埃尔所有的古墓都是坍塌一片。但这些倾圮的古墓仍是一片人间遗落而不灭的情感。

　　扫墓的人，常常会把狗爱吃的食物带来。这便招来城市中一些迷失的猫，来到这里觅食。当地政府便在墓地的一角为这些无家可归的猫盖了一间房子。动物保护组织派来了一些人，在屋子里放了许多小木屋、木桶、草篮，铺上松软的被褥，供给猫儿们睡觉。每天还有人来送猫食。这些猫便有吃有喝，不怕风雨。它们个个都肥肥胖胖，皮毛油亮。阿斯尼埃尔成了它们的乐园和天堂。

　　由于这墓地也埋葬猫，也有猫的墓碑和猫的雕塑。有时墓碑上端趴着一只白猫。你过去逗它，它不动，原是一个石雕。有时以为是雕像，你站过去想与它合影留念，它却忽然跳下来跑了。

这情景有些奇幻。世上哪里还有这种美妙的幻境？

回到我们的驻地。我给那位"巴黎通"蔡先生打个电话。

他问我感受如何。我说："我现在对街上的狗屎有些宽容了。"

他说："那好。宽容了狗屎，你会对巴黎的印象更好一些。"

加德满都的狗

季羡林

我小时候住在农村里，终日与狗为伍，一点也没有感觉到狗这种东西有什么稀奇的地方。但是狗却给我留下了极其深刻的印象。我母亲逝世以后，故乡的家中已经空无一人。她养的一条狗——连它的颜色我现在都回忆不清楚了——却仍然日日夜夜卧在我们门口，守着不走。女主人已经离开人世，再没有人喂它了。它好像已经意识到这一点。但是它却坚决宁愿忍饥挨饿，也决不离开我们那破烂的家门口。黄昏时分，我形单影只从村内走回家来，屋子里摆着母亲的棺材，门口卧着这一只失去了主人的狗，泪眼汪汪地望着我这个失去了慈母的孩子，有气无力地摇摆着尾巴，嗅我的脚。茫茫宇宙，好像只剩下这只狗和我。此情此景，我连泪都流不出来了，我流的是血，而这血还是流向我自己的心中。我本来应该同这只狗相依为命，互相安慰。但是，我必须离开故乡，我又无法把它带走。离别时，我流着泪紧紧地搂住了它，我遗弃了它，真正受到良心的

145

谴责。几十年来，我经常想到这一只狗，直到今天，我一想到它，还会不自主地流下眼泪。我相信，我离开家以后，它也决不会离开我们的门口。它的结局我简直不忍想下去了。母亲有灵，会从这一只狗身上得到我这个儿子无法给她的慰藉吧。

从此，我爱天下一切狗。

但是我迁居大城市以后，看到的狗渐渐少起来了。最近多少年以来，北京根本不许养狗，狗简直成了稀有动物，只有到动物园里才能欣赏了。

我万万没有想到，我到了加德满都以后，一下飞机，在机场受到热情友好的接待，汽车一驶离机场，驶入市内，在不算太宽敞的马路两旁就看到了大狗、小狗、黑狗、黄狗，在一群衣履比较随便的小孩子们中间，摇尾乞食，低头觅食。

这是一件小事，却使我喜出望外：久未晤面的亲爱的狗竟在万里之外的异域会面了。

狗们大概完全不理解我的心情，它们大概连辨别本国人和外国人的本领还没有学到。我这里一往情深，它们却漠然无动于衷，只是在那里摇尾低头，到处嗅着，想找到点什么东西吃吃。

晚上，我们从中国大使馆回旅馆的时候，天已经完全黑了。加德满都的大街上，电灯不算太多，霓虹灯的数目更少一些。

我在阴影中又隐隐约约地看到了大狗、小狗、黑狗、黄狗，在那里到处嗅着。回到旅馆，在沐浴后上床的时候，从远处的黑暗中传来了阵阵的犬吠声。古人说，深夜犬吠若豹。我现在听到的不是吠声若豹，而是吠声若犬。这事当然并不稀奇。可这并不稀奇的若犬的犬吠声却给我带来了无尽的甜蜜的回忆。这甜蜜的犬吠声一直把我送入我在加德满都过的第一夜的梦中。

狗这一辈子

刘亮程

　　一条狗能活到老，真是件不容易的事。太厉害不行，太懦弱不行，不解人意、太解人意了均不行。总之，稍一马虎便会被人炖了肉剥了皮。狗本是看家守院的，更多时候却连自己都看守不住。

　　活到一把子年纪，狗命便相对安全了，倒不是狗活出了什么经验。尽管一条老狗的见识，肯定会让一个走遍天下的人吃惊。狗却不会像人，年轻时咬出点名气，老了便可坐享其成。狗一老，再无人谋它脱毛的皮，更无人敢问津它多病的肉体，这时的狗很像一位历经沧桑的老人，世界已拿它没有办法，只好撒手，交给时间和命。

　　一条熬出来的狗，熬到拴它的铁链朽了，不挣而断。养它的主人也入暮年，明知这条狗再走不到哪里，就随它去吧。狗摇摇晃晃走出院门，四下里望望，是不是以前的村庄已看不清楚。狗在早年捡到过一根干骨头的沙沟梁转转；在早年恋过一条母狗的乱草滩转转；遇到早年咬过的人，远远避开，一副内疚的样子。其实人早好了伤疤忘了疼。有头脑的人大都不跟狗计较，有句俗话：狗咬了你，你还能去咬狗吗？与狗相咬，除了啃一嘴狗毛你又能占到啥便宜。被狗咬过的人，大都把仇记恨在主人身上，而主人又一股脑儿把责任全推到狗身上。一条狗随时都必须准备着承受一切。

　　在乡下，家家门口拴一条狗，目的很明确：把门。人的门被狗把持，仿佛狗的家。来人并非找狗，却先要与狗较量一阵，等到终于见了主人，来时的心境已落了大半，想好的话语也吓得忘掉大半。狗的影子始终在眼前窜悠，答问间时闻狗吠，令人惊魂不定。主人则可从容不迫，坐察其来意。这叫未与人来先与狗往。

　　有经验的主人听到狗叫，先不忙着出来，开个门缝往外瞧瞧。若是不想见的人，比如来借钱的，讨债的，寻仇的……便装个没听见。狗自然咬得更起劲。来人朝院子里喊两声，自愧不如狗的嗓门大，也就缄默。狠狠踢一脚院门，骂声"狗养的"，走了。

　　若是非见不可的贵人，主人一趟子跑出来，打开狗，骂一句"瞎了狗眼了"，狗自会没趣地躲开。稍慢一步又会挨棒子。狗挨打挨骂是常有的事，一条狗若因主人错怪便赌气不咬人，睁一眼闭一眼，那它的狗命也就不长了。

一条称职的好狗，不得与其他任何一个外人混熟。在它的狗眼里，除主人之外的任何面孔都必须是陌生的、危险的，更不得与邻居家的狗相往来。需要交配时，两家狗主人自会商量好了，公母牵到一起。主人在一旁监督着。事情完了就完了。万不可藕断丝连，弄出感情，那样狗主人会妒忌。人养了狗，狗就必须把所有爱和忠诚奉献给人，而不应该给另一条狗。

狗这一辈子像梦一样飘忽，没人知道狗是带着什么使命来到人世。

人一睡着，村庄便成了狗的世界，喧嚣一天的人再无话可说，土地和人都乏了。此时狗语大作，狗的声音在夜空飘来荡去，将远远近近的村庄连在一起。那是人之外的另一种声音，飘忽、神秘。莽原之上，明月之下，人们熟睡的躯体是听者，土墙和土墙的影子是听者，路是听者。年代久远的狗吠融入空气中，已经成寂静的一部分。

在这众狗猎猎的夜晚，肯定有一条老狗，默不作声。它是黑夜的一部分，它在一个村庄，转悠到老，是村庄的一部分，它再无人可咬，因而也是人的一部分。这是条终于可以冥然入睡的狗，在人们久不再去的僻远路途，废弃多年的荒宅旧院，这条狗来回地走动，眼中满是人们多年前的陈事旧影。

狗　梁实秋

　　我初到重庆，住在一间湫隘的小室里，窗外还有三两棵肥硕的芭蕉，屋里益发显得阴森森的，每逢夜雨，凄惨欲绝。但凄凉中毕竟有些诗意，旅中得此，尚复何求？我所最感苦恼的乃是房门外的那一只狗。

　　我的房门外是一间穿堂，亦即房东一家老小用膳之地，餐桌底下永远卧着一条脑满肠肥的大狗。主人从来没有扫过地，每餐的残羹剩饭，骨屑稀粥，以及小儿便溺，全都在地上星罗棋布着，由那只大狗来舔得一干二净。如果有生人走进，狗便不免有所误会，以为是要和他争食，于是声色俱厉的猛扑过去。在这一家里，狗完全担负了"洒扫应对"的责任。

　　"君子有三畏"，猘犬其一也。我知道性命并无危险，但是每次出来进去总要经过它的防次，言语不通，思想亦异，每次都要引起摩擦，酿成冲突，日久之后真觉厌烦之至。其间曾经谋求种种对策，一度投以饵饼，期收绥靖之效，不料饵饼尚未唉完，乘我返身开锁之际，无警告的向我的腿部偷袭过来，又一度改取"进攻乃最好之防御"的方法，转取主动，见头打头，见尾打尾，虽无挫衄，然积小胜终不能成大胜，且转战之余，血脉偾张，亦大失体统。因此外出即怵回家，回到房里又不敢多饮茶。不过使我最难堪的还不是狗，而是它的主人的态度。

狗从桌底下向我扑过来的时候，如果主人在场，我心里是存着一种奢望的：我觉得狗虽然也是高等动物，脊椎动物哺乳类，然而，究竟，至少在外形上，主人和我是属于较近似的一类，我希望他给我一些援助或同情。但是我错了，主客异势，亲疏有别，主人和狗站在同一立场。我并不是说主人也帮着狗猖猖然来对付我，他们尚不至于这样的合群。我是说主人对我并不解救，看着我的狼狈而哄然噱笑，泛起一种得意之色，面带着笑容对狗嗔骂几声："小花！你昏了？连×先生你都不认识了！"骂的是狗，用的是让我所能听懂的语言。那弦外之音是："我已尽了管束之责了，你如果被狗吃掉莫要怪我。"然后他就作壁上观。俗语说"打狗看主人"，我觉得不看主人还好，看了主人我倒要狠狠的再打狗几棍。

后来我疏散下乡，遂脱离了这恶犬之家，听说继续住那间房的是一位军人，他也遭遇了狗的同样的待遇，也遭遇了狗的主人的同样的待遇，但是他比我有办法，他拔出枪来把狗当场格毙了，我于称快之余，想起那位主人的悲怆，又不能不付予同情。特别是，残茶剩饭丢在地下无人舔，主人势必躬亲洒扫，其凄凉是可想而知的。

在乡下不是没有犬祸。没有背景的野犬是容易应付的，除了菜花黄时的疯犬不计外，普通的野犬都是些不修边幅的夹尾巴的可怜的东西，就是汪汪的叫起来也是有气无力的，不像人家豢养的狗那样振振有词自成系统。有些人家在门口挂着牌示"内有恶犬"，我觉得这比门里埋伏恶犬的人家要忠厚得多。我遇见过埋伏，往往猝不及防，惊惶大呼，主人闻声搴帘而出，嫣然而笑，肃客入座。从容相告狗在最近咬伤了多少人。这是一种有效的安慰，因为我之未及于难是比较可庆幸的事了。但是我终不明白，他为什么不索性养一只虎？来一个吃一个，来两个吃一双，岂不是更为体面么？

这道理我终于明白了。雅舍无围墙，而盗风炽，于是添置了一只狗。一日邮差贸贸然来，狗大咆哮，邮差且战且走，蹒跚而逸，主人拊掌大笑。我顿有所悟。别人的狼狈永远是一件可笑的事，被狗所困的人是和踏在香蕉皮上面跌跤的人同样的可笑。养狗的目的就要他咬人，至少作吃人状。这就是等于养鸡是为要他生蛋一样，假如一只狗像一只猫一样，整天晒太阳睡觉，客人来便咪咪叫两声，然后逡巡而去，我想不但主人惭

153

愧，客人也要惊讶。所以狗咬客人，在主人方面认为狗是克尽厥职，表面上尽管对客抱歉，内心里是有一种愉快，觉得我的这只狗并非是挂名差事，他守在岗位上发挥了作用。所以对狗一面诃责，一面也还要嘉勉。因此脸上才泛出那一层得意之色。还有衣裳楚楚的人，狗是不大咬的，这在主人也不能不有"先获我心"之感。所可遗憾者，有些主人并不以衣裳取人，亦并不以衣裳废人，而这种道理无法通知门上，有时不免要慢待佳宾。不过就大体论，狗的眼力总是和它的主人差不了多少。所以，有这样多的人家都养狗。

狗

老舍

中国狗恐怕是世界上最可怜最难看的狗。此处之"难看"
并不指狗种而言，而是与"可怜"密切相关。无论狗的模样身
材如何，只要喂养得好，它便会长得肥肥胖胖的，看着顺眼。
中国人穷，人且吃不饱，狗就更提不到了。因此，中国狗最难看；
不是因为它长得不体面，而是因为它骨瘦如柴，终年夹着尾巴。

每逢我看见被遗弃的小野狗在街上寻找粪吃，我便要落泪。
我并非是爱作伤感的人，动不动就要哭一鼻子。我看见小狗的
可怜，也就是感到人民的贫穷。民富而后猫狗肥。

中国人动不动就说：我们地大物博。那也就是说，我们不
用着急呀，我们有的是东西，永远吃不完喝不尽哪！哼，请看
看你们的狗吧！

还有：狗虽那么摸不着吃，那么随便就被人踢两脚，打两棍，
可是它们还照旧的替人们服务。尽管它们饿成皮包着骨，尽管
它们刚被主人踹了两脚，它们还是极忠诚的去尽看门守夜的责

任。狗永远不嫌主人穷。这样的动物理应得到人们的赞美，而忠诚、义气、安贫、勇敢等等好字眼都该归之于狗。可是，我不晓得为什么中国人不分黑白的把汉奸与小人叫作走狗，倒仿佛狗是不忠诚不义气的动物。我为狗喊冤叫屈！

猫才是好吃懒作，有肉即来，无食即去的东西。洋奴与小人理应被叫作"走猫"。

或者是因为狗的脾气好，不像猫那样傲慢，所以中国人不说"走猫"而说"走狗"？假若真是那样，我就又觉得人们未免有点"软的欺，硬的怕"了！

不过，也许有一种狗，学名叫作"走狗"；那我还不大清楚。

狗之晨

老舍

　　东方既明，宇宙正在微笑，玫瑰的光吻红了东边的云。大黑在窝里伸了伸腿；似乎想起一件事，啊，也许是刚才作的那个梦；谁知道，好吧，再睡。门外有点脚步声！耳朵竖起，像雨后的两枝慈姑叶；嘴，可是，还舍不得项下那片暖，柔，有味的毛。眼睛睁开半个。听出来了，又是那个巡警，因为脚步特别笨重，闻过他的皮鞋，马粪味很大；大黑把耳朵落下去，似乎以为巡警是没有什么趣味的东西。但是，脚步到底是脚步声，还得听听；啊，走远了。算了吧，再睡。把嘴更往深里顶了顶，稍微一睁眼，只能看见自己的毛。

　　刚要一迷糊，哪来的一声猫叫？头马上便抬起来。在墙头上呢，一定。可是并没看到；纳闷：是那个黑白花的呢，还是那个狸子皮的？想起那狸子皮的，心中似乎不大起劲；狸子皮的抓破过大黑的鼻子；不光荣的事，少想为妙。还是那个黑白花的吧，那天不是大黑几乎把黑白花的堵在墙角么？这么一想，喉咙立刻痒了一下，向空中叫了两声。

"安顿着，大黑！"屋中老太太这么喊。

大黑翻了翻眼珠，老太太总是不许大黑咬猫！可是不敢再作声，并且向屋子那边摇了摇尾巴。什么话呢，天天那盆热气腾腾的食是谁给大黑端来？老太太！即使她的意见不对也不能得罪她，什么话呢，大黑的灵魂是在她手里拿着呢。她不准大黑叫，大黑当然不再叫。假如不服从她，而她三天不给端那热腾腾的食来？大黑不敢再往下想了。

似乎受了刺激，再也睡不着；咬咬自己的尾巴，大概是有个狗蝇，讨厌的东西！窝里似乎不易找到尾巴，出去。在院里绕着圆圈找自己的尾巴，刚咬住，"不棱"，又被（谁？）夺了走，再绕着圈捉。有趣，不觉得嗓子里哼出些音调。

"大黑！"

老太太真爱管闲事啊！好吧，夹起尾巴，到门洞去看看。坐在门洞，顺着门缝往外看，喝，四眼已经出来遛早了！四眼是老朋友：那天要不幸亏是四眼，大黑一定要输给二青的！二青那小子，处处是大黑的仇敌：抢骨头，闹恋爱，处处他和大黑过不去！假如那天他咬住大黑的耳朵？十分感激四眼！"四眼！"热情地叫着。四眼正在墙根找到包箱似的方便所在，刚要抬腿；"大黑，快来，到大院去跑一回？"

　　大黑焉有不同意之理，可是，门，门还关着呢！叫几声试试，也许老头就来开门。叫了几声，没用。再试试两爪，在门上抓了一回，门纹丝没动！

　　眼看着四眼独自向大院跑去！大黑真急了，向墙头叫了几声，虽然明知道自己没有上墙的本领。再向门外看看，四眼已经没影了。可是门外走着个叫化子，大黑借此为题，拼命的咬起来。大黑要是有个缺点，那就是好欺侮苦人。见汽车快躲，见穷人紧追，大黑几乎由习惯中形成这么两句格言。叫化子也没影了，大黑想象着狂咬一番，不如是好像不足以表示出自己的尊严，好在想象是不费什么实力的。

　　大概老头快来开门了，大黑猜摸着。这么一想，赶紧跑到后院去，以免大清早晨的就挨一顿骂。果然，刚到后院，就听见老头儿去开街门。大黑心中暗笑，觉得自己的智慧足以使生命十分有趣而平安。

　　等到老头又回到屋中，大黑轻轻的顺着墙根溜出去。出了街门，抖了抖身上的毛，向空中闻了闻，觉得精神十分焕发。然后又伸了个懒腰，就手儿在地上磨了磨脚指甲，后腿蹬起许多的土，沙沙的打在墙上，非常得意。在门前蹲坐起来，耳朵立着，坐着比站着身量高，加上两个竖立的耳朵，觉得自己很伟大而重要。

　　刚这么坐好，黄子由东边来了。黄子是这条胡同里的贵族，身量大，嘴是方的，叫的声音瓮声瓮气。大黑的耳朵渐渐往下落，心里嘀咕：还是坐着不动好呢，还是向黄子摆摆尾巴好呢，还是以进为退假装怒叫两声呢？他知道黄子的厉害，同时，又要顾及自己的尊严。他微微地回了回头，呕，没关系，坐在自己家门口还有什么危险？耳朵又微微的往上立，可是其余的地方都没敢动。

　　黄子过来了！在离大黑不远的一个墙角闻了闻，好像并没注意大黑。大黑心中同时对自己下了两道命令："跑！""别动！"

　　黄子又往前凑了凑，几乎是要挨着大黑了。大黑的胸部有些颤动。可是黄子还好似没看见大黑，昂然走过去。他远了，大黑开始觉得不是味道：为什么不乘着黄子没防备好而扑过去咬他一口？十分的可耻，那样的怕黄子。大黑越想越看不起自己。为发泄心中的怒气，开始向空中瞎叫。继而一想，万一把黄子叫回来呢？登时立起来，向东走去，这样便不会和黄子走个两碰头。

　　大黑不像黄子那样在道路当中卷起尾巴走。而是夹着尾巴顺墙根往前溜；这样，如遇上危险，至少屁股可以拿墙作后盾，减少后方的防务。在这里就可以看出大黑并不"大"；大黑的"大"和小花的"小"，都不许十分叫真的。可是他极重视这个"大"字，特别和他主人在一块的时候，主人一喊"大"黑，他便觉得自己至少有骆驼那么大，跟谁也敢拼一拼。就是主人不在眼前的时候，他也不敢承认自己是小。因为连不敢这么承认还不肯卷起尾巴走路呢；设若根本的自认渺小，那还敢出来走走吗？"大"字是他的主心骨。"大"字使他对小哈巴狗，瘦猫，叫化子，敢张口就咬；"大"字使他有时候对大狗——像黄子之类的——也敢露一露牙和嗓子眼里细叫几声；而且主人在跟前的时候"大"字使他甚至于敢和黄子干一仗，虽明知必败，而不得不这样牺牲。狗的世界是不和平的，大黑专仗着这个"大"字去欺软怕硬的享受生命。

大黑的长象也不漂亮，而最足自馁的是没有黄子那样的一张方嘴。狗的女性们，把吻永远白送给方嘴；大黑的小尖嘴，猛看像个子粒不足的"老鸡头"，就是把舌头伸出多长，她们连向他笑一下都觉得有失尊严。这个，大黑在自思自叹的时候，不能不归罪于他的父母。虽然老太太常说，大黑的父亲是饭庄子的那个小驴似的老黑，他十分怀疑这个说法。况且谁是他的母亲？没人知道！大黑没有可靠的家谱作证，所以连和四眼谈话的时候，也不提家事；大黑十分伤心。更不敢照镜子；地上有汪水，他都躲开。对于大黑，顾影是不能引起自怜的。那条尾巴！细，软，毛儿不多，偏偏很长，就是卷起来也不威武，况且卷着还很费事；老得夹着！

大黑到了大院。四眼并没在那里。大黑赶紧往四下看看，好在二青什么的全没在那里，心里安定了些。由走改为小跑，觉得痛快。好像二青也算不了什么，而且有和二青再打一架的必要。再和二青打的时候，顶好是咬住他一个地方，死不撒嘴，这样必能致胜。打倒了二青，再联络四眼战败黄子，大黑便可以称雄了。

远处有吠声，好几个狗一同叫呢。细听，有她的声音！她，小花！大黑向她伸过多少回舌头，摆过多少回尾巴；可是她，她连正眼瞧大黑一眼也不瞧！不是她的过错；战败二青和黄子，她自然会爱大黑的。大黑决定去看看，谁和小花一块唱恋歌呢。快跑。别，跑太快了，和黄子碰个头，可不得了；谨慎一些好。四六步的跑。

看见了：小花，喝，围着七八个，哪个也比大黑个子大，声音高！无望！不便于过去。可是四眼也在那边呢；四眼敢，大黑为何不敢？可是，四眼也个子不小哇，至少四眼的尾巴卷得有个样儿。有点恨四眼，虽然是好朋友。

大黑叫开了。虽然不敢过去，可是在远处示威总比那一天到晚闷在家里的小哈巴狗强多了。那边还有个小板凳狗，安然的在家门口坐着，连叫也不敢叫；大黑的身分增高了很多，凡事就怕比较。

那群大狗打起来了。打得真厉害，啊，四眼倒在底下了。哎呀四眼；呕，活该；到底他已闻了小花一鼻子。大黑的嫉妒把友谊完全忘了。看，四眼又起来了，扑过小花去了，大黑的心差点跳出来了，自己耗着转了个圆圈。啊，好！小花极骄慢的躲开四眼。好，小花，大黑痛快极了。

那群大狗打过这边来了，大黑一边看着一边退步，心里说：别叫四眼看见，假如一被看见，他求我帮忙，可就不好办了。往后退，眼睛呆看着小花，她今天特别的骄傲，好看。大黑恨自己！退得离小板凳狗不远了，唉，拿个小东西杀杀气吧！闻了小板凳一下，小板凳跳起来，善意的向大黑腿部一扑，似乎是要和大黑玩耍玩耍。大黑更生气了：谁和你个小东西玩呢？牙露出来，耳朵也立起来示威。小板凳真不知趣：轻轻抓了地几下，腰儿塌着，尾巴卷着直摆。大黑知道这个小东西是不怕他，嘴张开了，预备咬小东西的脖子。正在这个当儿，大狗们跑过来了。小板凳看着他们，小嘴儿噘着巴巴的叫起来，毫无惧意。大黑转过身来，几乎碰着黄子的哥哥，比黄子还大，鼻子上一大道白，这白鼻梁看着就可怕！大黑深恐小板凳的吠声引起他们的注意，而把大黑给围在当中。可是他们只顾追着小花，一群野马似的跑了过去，似乎谁也没有看到大黑。大黑的耻辱算是到了家，他还不如小板凳硬气呢！

似乎得设法叫小板凳看出大黑是和那群大狗为伍的；好吧，向前赶了两步，轻轻的叫了两声，瞭了小板凳一眼，似乎是说：你看，我也是小花的情人；你，小板凳，只配在这儿坐着。

风也似的，小花在前，他们在后紧随，又回来了！躲是来不及了，大黑的左右都是方嘴——都大得出奇！他们全身没有一根毛能舒坦地贴着肉皮子，全离心离骨的立起来。他的腿好像抽出了骨头，只剩下些皮和筋，而还要立着！他的尖嘴向四围纵纵着，只露出一对大牙。他的尾巴似乎要挤进肚皮里去。他的腰躬着，可是这样缩短，还掩不住两旁的筋骨。小花，好像是故意的，挤了他一下。他一点也不觉得舒服，急忙往后退。后腿碰着四眼的头。四眼并没招呼他。

一阵风似的，他们又跑远了。大黑哆嗦着把牙收回嘴中去，把腰平伸了伸，开始往家跑。后面小板凳追上来，一劲巴巴的叫。大黑回头龇了龇牙：干吗呀，你！似乎是说。

回到家中，看了看盆里，老太太还没把食端来。倒在台阶上，舐着腿上的毛。

"一边去！好狗不挡道，单在台阶上趴着！"老太太喊。

翻了翻白眼，到墙根去卧着。心中安定了，开始设想：假如方才不害怕，他们也未必把我怎样了吧！后悔：小花挤了我一下，假使乘那个机会……决定不行，决定不行！那个小板凳！焉知小板凳不是个女性呢，竟自忘了看！谁和小板凳讲交情呢！

门外有人拍门。大黑立刻精神起来，等着老太太叫大黑。

"大黑！"

大黑立刻叫起来，往下扑着叫，觉得自己十二分的重要威严。老太太去看门，大黑跟着，拼命的叫。

送信的。大黑在老太太脚前扑着往外咬。邮差安然不动。老太太踢了大黑一腿："怎么这么讨厌，一边去！"

大黑不敢再叫，随着老太太进来，依旧卧在墙根。肚中发空，眼瞭着食盆，把一切都忘了，好像大黑的生命存在与否只看那个黑盆里冒热气不冒！

英国人与猫狗

老舍

英国人爱花草，爱猫狗。由一个中国人看呢，爱花草是理之当然，自要有钱有闲，种些花草几乎可与藏些图书相提并论，都是可以用"雅"字去形容的事。就是无钱无闲的，到了春天也免不掉花几个铜板买上一两小盆蝴蝶花什么的，或者把白菜脑袋塞在土中，到时候也会开上几朵小十字花儿。在诗里，赞美花草的地方要比讴颂美人的地方多得多，而梅兰竹菊等等都有一定的品格，仿佛比人还高洁可爱可敬，有点近乎一种什么神明似的。在通俗的文艺里，讲到花神的地方也很不少，爱花的人每每在死后就被花仙迎到天上的植物园去。这点荒唐，荒唐得很可爱。虽然里边还是含着与敬财神就得元宝一样的实利念头，可到底显着另有股子劲儿，和财迷大有不同；我自己就不反对被花娘娘们接到天上去玩玩。

所以，看见英国人的爱花草，我们并不觉得奇怪，反倒是觉得有点惭愧，他们的花是那么多呀！在热闹的买卖街上，自然没有种花草的地方了，可是还能看到卖"花插"的女人和许多鲜花铺。稍讲究一些的饭铺酒馆自然要摆鲜花了。其他的铺户中也往往摆着一两瓶花，四五十岁的掌柜们在肩下插着一朵玫瑰或虞美人也是常有的事。赶到一走到住宅区，看吧，差不多家家有些花，园地不大，可收拾得怪好，这儿一片郁金香，那儿一片玫瑰，门道上还往往搭着木架，爬着那单片的蔷薇，开满了花，就和图画里似的。越到乡下越好看，草是那么绿，花是那么鲜，空气是那么香，一个中国人也有点惭愧了。五六月间，赶上晴暖的天，到乡下去走走，真是件有造化的事，处处都像公园。

一提到猫狗和其他的牲口，我们便不这么起劲了。中国学生往往给英国朋友送去一束鲜花，惹得他们非常的欢喜。可是，也往往因为讨厌他们的猫狗而招得他们噘了嘴。中国人对于猫狗牛马，一般的说，是以"人为万物灵"为基础而直呼它们作畜类的。正人君子呢，看见有人爱动物，总不免说声"声色狗马""玩物丧志"。一般的中等人呢，养猫养狗原为捉老鼠与看家，并不须赏它们个好脸儿。那使着牲口的苦人呢，鞭子在手，急了就发威，又困于经济，它们的食水待遇活该得按着哑吧畜生办理。于是大概的说，中国的牲口实在有点倒霉；太监怀中的小吧狗，与阔寡妇椅子上的小白猫，自然是碰巧了的例外。畜类倒霉，已经看惯，所以法律上也没有什么规定；虐待丫头与媳妇本还正大光明，哑吧畜生自然更无处诉委屈去；黑驴告状也并没陈告它自己的事。再说，秦桧与曹操这辈子为人作歹，下辈便投胎猪狗，吃点哑吧亏才正合适。这样，就难怪我们觉得英国人对猫狗爱得有些过火了。说真的，他们确是有点过火；不过，要从猫狗自己看呢，也许就不这么说了吧？狗彘食人食，而有些人却没饭吃，自然也不能算是公平，但是普遍的有一种爱物的仁慈，也或者无碍于礼教吧！

英国人的爱动物，真可以说是普遍的。有人说，这是英国人的海贼本性还没有蜕净，所以总拿狗马当作朋友似的对待。据我看，这点贼性倒怪可爱；至少狗马是可以同情这句话的。无事可作的小姐与老太婆自然要弄条小狗玩玩了——对于这种小狗，无论它长得多么不顺眼，你可就是别说不可爱呀！——就是卖煤的煤黑子，与送牛奶的人，也都非常爱惜他们的马。你想不到拉煤车的马会那么驯顺、体面、干净。煤黑子本人远不如他的马漂亮，他好像是以他的马当作他的光荣。煤车被叫住了，无论是老幼男女，跟煤黑子要过几句话，差不多总是以这匹马作中心。有的过去拍拍马脖子，有的过去吻一下，有的给拿出根胡萝卜来给它吃。他们看见一匹马就仿佛外婆看见外孙子似的，眼中能笑出一朵花儿来。英国人平常总是拉着长脸，像顶着一脑门子官司，假若你打算看看他们也有个善心，也和蔼可爱，请你注意当他们立在一匹马或拉着条狗的时候。每到春天，这些拉车的马也有比赛的机会。看吧，煤黑子弄了瓶擦铜油，一边走一边擦马身上的铜活呀。马鬃上也挂上彩子或用各色的绳儿梳上辫子，真是体面！这么看重他们的马，当然的在平日是不会给气受的，而且载重也有一定的限度，即使有狠心的人，法律也不许他任意欺侮牲口。想起北平的煤车，当雨天陷在泥中，煤黑子用支车棍往马身上抡，真要令人喊"生在礼教之邦的马哟"！

猫在动物里算是最富独立性的了，它高兴呢就来爬在你怀中，罗哩罗嗦的不知道念着什么。它要是不高兴，任凭你说什么，它也不答理。可是，英国人家里的猫并不因此而少受一些优待。早晚他们还是给它鱼吃，牛奶喝，到家主旅行去的时候，还要把它寄放到"托猫所"去，花不少的钱去喂养着；赶到旅行回来，便急忙把猫接回来，乖乖宝贝的叫着。及至老猫不吃饭，或小猫摔了腿，便找医生去拔牙、接腿，一家子都忙乱着，仿佛有了什么了不得的事。

狗呢，就更不用说，天生来的会讨人喜欢，作走狗，自然会吃好的喝好的。小哈吧狗们，在冬天，得穿上背心；出门时，得抱着；临睡的时候，还得吃块糖。电影院、戏馆，禁止狗们出入，可是这种小狗会"走私"，爬在老太婆的袖里或衣中，便也去看电影听戏，有时候一高兴便叫几声，招得老太婆头上冒汗。大狗虽不这么娇，可也很过得去。脚上偶一不慎粘上一点路上的柏油，便立刻到狗医院去给套上一只小靴子，伤风咳嗽也须吃药，事儿多了去啦。可是，它们也真是可爱，有的会送小儿去上学，有的会给主人叼着东西，有的会耍几套玩艺；白天不咬人，晚上可挺厉害。你得听英国人们去说狗的故事，那比人类的历史还热闹有趣。人家、猎户、军队、警察所、牧羊人，都养狗，都爱狗。狗种也真多，大的、小的、宽的、细的、长毛的、短毛的，每种都有一定的尺寸，一定的长度，买来的时候还带着家谱，理直气壮，一点不含糊！那真正入谱的，身价往往值一千镑钱！

年年各处都有赛猫会、赛狗会。参与比赛的猫狗自然必定都有些来历，就是那没资格入会的也都肥胖精神。这就不能不想起中国的狗了，在北平，在天津，在许多大城里，去看看那些狗，天下最丑的东西！骨瘦如柴，一天到晚连尾巴也不敢撅起来一回，太可怜了！人还没有饭吃，似乎不必先为狗发愁吧，那么，我只好替它们祷告，下辈子不要再投胎到这儿来了！

简直没有一个英国人不爱马。那些专作赛马用的，不用说了，自然是老有许多人伺候着；就是那平常的马，无论是拉车的，还是耕地的，也都很体面。有一张卡通，记得画的是"马之将来"：将来的军队有飞机坦克车去冲杀陷阵，马队自然要消灭了；将来的运输与车辆也用不着骡马们去拖拉，于是马怎么办呢？这张卡通——英国人画的——上说，它们就要成了猫狗：客厅里该趴着猫，将来是趴着匹马；老太婆上街该拉着狗，将来便牵着匹骡子。这未必成为事实，可是足见他们是怎样的舍不得骡马了。

除了猫狗骡马，他们对于牛羊鸡猪也都很爱惜，这是要到乡间才可以看见的。有一回到乡间去看了朋友，他的祖父是个农夫，养着许多猪与鸡。老人的鸡都有名字，叫哪个，哪个就跑来。老人最得意的是他的那些肥猪，真是干净可爱。可是，有一天下了雨，肥猪们都下了泥塘，弄得满身是稀泥；把老人差点气坏了。总而言之，他们对牲口们是尽到力量去爱护，即使是为杀了吃肉的，反正在它们活着的时候总不受委屈。中国有许多人提倡吃素禁屠，可是往往寺院里放生的牲口皮包不住骨，别处的畜类就更不必说了。好死不如赖活着，是我们特有的哲学，可也真够残忍的。

对于鱼鸟鸽虫，英国人不如我们会养会玩，养这些玩艺的也就很少。卖猫狗的铺子里不错也卖鹦鹉、小兔、小龟和碧玉鸟什么的，可是养鸟的并不懂教给它们怎样的叫成套数。据说，他们在老年间也斗鸡斗鹌鹑，现在已被禁止，因为太残忍。我们似乎也该把斗蟋蟀什么的禁止了吧？也不是怎么的，我总以为小时候爱斗蟋蟀，长大了也必爱去看枪毙人；没有实地的测验过，此说容或不能成立；再说，还许是一点妇人之仁，根本要不得呢。

关于狗的回忆

傅雷

当同学们在饭堂里吃饭，或是吃完饭走出饭堂的时候，在桌子与桌子中间，凳子与凳子中间，常常可以碰到一二只俯着头寻找肉骨的狗，拦住他们的去路。他们为维持人类的尊严起见，便冷不防的给它一脚，——On Lee 一声，它自知理屈的一溜烟逃了。

On Lee 一声，对于那位维持人类尊严的同学，固然是一种胜利的表示，对于别的自称"万物之灵"的同学们，或许也有一种骄傲的心理。可是对于我，这个胆怯者，弱者，根本不知道"人类尊严"的人，却是一个大大的刺激。或者是神经衰弱的缘故吧！有时候，这一声竟会使我突然惊跳起来，使同座的 L 放了饭碗，奇怪的问我。

为了这件小小的事情，在饭后的谈话中，我便讲起我三年前的一篇旧稿来：

那时我还在 W 校读书，照他们严格的教会教育，每天饭

173

后须得玩球的，无论会的，不会的，大的，小的，强者，弱者；凡是在一院里的，统得在一处玩，这是同其他的规则一样，须绝对遵守的。

一天下午，大家正照常的在草地上玩着足球，呼喊声，谈话声，相骂声，公正人的口笛声……杂在一堆，把沉寂的下午，充满着一种兴奋的，热烈的空气。

忽然的，不知从什么地方进来了一条黄狗，它还没有定定神舒舒气的时候，早已被一个同学发现了。……一个……两个……四个的发现了！噪逐起来了！

十个，二十个……的噪逐起来了。有的已拾了路旁的竹竿，或树枝当武器了。

霎时间全场的空气都变了，球是不知到了那里去了，全体的人发疯似的像追逐宝贝似的噪逐着。

兴高采烈的教士——运动场上的监学——也呆立着，只睁着眼看着大家如醉如狂的追逐一条拼命飞奔的狗。

它早已吓昏了，还能寻出来路而逃走吗？它只是竖起耳朵，拖着尾巴，像无头苍蝇一样的满场乱跑。雨点般的砖头，石子，不住的中在它的头上，背上……它是真所谓"忙忙丧家之犬"了！

渐渐的给包围起来了，当它几次要想从木栅门中钻出去而不能之后。而且，那时它已经吃了好几下笨重的棍击和迅急的鞭打。

不知怎样的，它竟冲出重围，而逃到茅厕里去了。

霎时间，茅厕外面的走廊中聚满了一大堆战士。

"好！茅厕里去了！"一个手持树枝的同学喊道。

"那……最好了！"又一个上气不接下气的回答着。

"自己讨死……快进去吧！"

茅厕的门开了，便发现它钻在两间茅厕的隔墙底下，头和颈在隔壁，身子和尾巴在这一边。

可怜的东西，再也没处躲闪了，结实的树枝鞭挞抽打！它只是一声不响的，拼命的挨，想把身子也挨过墙去。

当当的钟声救了它，把一群恶人都唤了去。

当我们排好队伍，走过茅厕的时候，一些声音也没有。虽然学生们很守规矩，很静默的走着；但我们终听不到狗的动静。

当我们刚要转弯进课堂的时候，便看见三四个校役肩着扁担，拿着绳子，迎面奔来，说是收拾它去了。

果然，当三点钟下课，我们去小便的时候，那条狗早已不在了，茅厕里只有几处殷红的血迹，很鲜明的在潮湿的水门汀上发光，在墙根还可寻出几丛黄毛。除此之外，再也没有狗的什么遗迹了。

一直到晚上，没有一个同学提起这件事。

隔了两天，从一个接近校役的同学中听到了几句话：

"一张狗皮换了二斤高粱，还有剩钱大家分润！"

"狗肉真香！……比猪肉要好呢！昨天他们烧了，也送我一碗吃呢。啊，那味儿真不错！"

我那时听了，不禁怒火中烧，恨不得拿手枪把他们——凶手——一个个都打死！

于是我就做了一篇东西，题目就叫"勃郎林"。大骂了一场，自以为替狗出了一口冤气。

那篇旧稿，早已不知道到哪里去了。可是那件事情，回忆起来，至今还叫我有些余愤呢！……

我讲完了，叹了一口气，向室中一望：L已在打盹了。S正对着我很神秘的微笑着，好像对我说：

"好了！说了半天，不过一只死狗！也值得大惊小怪的吗？"

我不禁有些怅然了！

猫狗 梁遇春

　　惭愧得很，我不单是怕狗，而且怕猫，其实我对于六合之内一切的动物都有些害怕。

　　怕狗，这个情绪是许多人所能了解的，生出同情的。我的怕狗几乎可说是出自天性。记得从前到初等小学上课时候，就常因为恶狗当道，立刻退却，兜个大圈子，走了许多平时不敢走的僻路，结果是迟到同半天的心跳。十几年来踽踽地蹀躞于这荒凉的世界上，童心差不多完全消失了，而怕狗的心情仍然如旧，这不知道是不是可庆的事。

　　怕狗，当然是怕它咬，尤其怕被疯狗咬。但是既会无端地咬起人来，那条狗当然是疯的。猛狗是可怕的，然而听说疯狗常常现出驯良的神气，尾巴低垂，夹在两腿之间。并且狗是随时可以疯起来的。所以天下的狗都是可怕的。若使一个人给疯狗咬了，据说过几天他肚子里会发出怪声，好像有小疯狗在里叫着。这真是惊心动魄极了，最少对于神经衰弱的我是够恐怖了。

我虽然怕它，却万分鄙视它，厌恶它。缠着姨太太脚后跟的哈巴狗是用不着提的。就说那驰骋森林中的猎狗和守夜拒贼的看门狗罢！见着生客就猖猖着声势逼人，看到主子立刻伏贴贴地低首求欢，甚至于把前面两脚拱起来，别的禽兽绝没有像它这么奴性十足，总脱不了"走狗"的气味。西洋人爱狗已经是不对了，他们还有一句俗语"若使你爱我，请也爱我的狗罢（Love me，Love my dog）"，这真是岂有此理。人没有权利叫朋友这么滥情。不过西洋人里面也有一两人很聪明的。歌德在《浮士德》里说，那个可怕的 Mephistopheles 第一次走进浮士德的书房，是化为一条狗。因此我加倍爱念那部诗剧。

可是拿狗来比猫，可又变成个不大可怕的东西了。狗只能咬你的身体，猫却会蚕食你的灵魂，这当然是迷信，但是也很有来由。我第一次怕起猫来是念了爱伦·坡的短篇小说《黑猫》。里面叙述一个人打死一只黑猫，此后遇了许多不幸事情，而他每次在不幸事情发生的地点都看到那只猫的幻形，狞笑着。后来有一时期我喜欢念外国鬼怪故事，知道了女巫都是会变猫的，当赴撒但狂舞会时候，个个女巫用一种油涂在身上，念念有词，就化成一只猫从屋顶飞跳去了。中国人所谓狐狸猫，也是同样变幻多端，善迷人心灵的畜生，你看，猫的脚踏地无声，猫的眼睛总是似有意识的，它永远是那么偷偷地潜行，行到你身旁，行到你心里。《爱丽丝漫游奇境记》里不是说有一只猫现形于空中，微笑着。一会儿猫的面部不见了，光剩一个笑脸在空中。这真能道出猫的神情，它始终这么神秘，这么阴谋着，这么留一个抓不到的影子在人们心里。欧洲人相信一只猫有十条命，仿佛中国也有同样的话，这也可以证明它的精神的深刻矫健了。我每次看见猫，总怕它会发出一种魔力，把我的心染上一层颜色，留个永不会退去的痕迹。碰到狗，我们一躲避开，什么事都没有了，遇见猫却不能这么容易预防。它根本不伤害你的身体，却要占住你的灵魂，使你失丢了人性，变成一个莫名其妙的东西，这些事真是可怕得使我不敢去设想，每想起来总会打寒噤。

上海是一条狗，当你站在黄浦滩闭目一想，你也许会觉得横在面前是一条恶狗。狗可以代表现实的黑暗，在上海这现实的黑暗使你步步惊心，真仿佛一条疯狗跟在背后一样。北平却是一只猫。它代表灵魂的堕落。北平这地方有一种霉气，使人们百事废弛，最好什么也不想，也不干了，只是这么蹲着痴痴地过日子。真是一只大猫将个个人的灵魂都打上黑印，万劫不复了。

若使我们睁大眼睛，我们可以看出世界是给猫狗平分了。现实的黑暗和灵魂的堕落霸占了一切。我愿意这片大地是个绝无人烟的荒凉世界，我又愿意我从来就未曾来到世界过。这当然只是个黄金的幻梦。

群狗 孙了红

从小我就喜欢养狗，在我十二三岁的时候，最多我曾养过四只狗。狗的食量也相当大，一只哈巴狗的食量，至少要超过一个三四岁的孩子。那个时候物价贱，我的家境也很好，所以一养就养上了四只小哈巴。换了现在，拖着一支害肺病的笔，无论如何，也写不出四只狗的粮食来，所以直到现在，我虽一直还很喜欢狗，因为没有钱，我只能眼看这些摇尾巴的生物，专门去向别人摇尾巴。

那时我所养的四只小哈巴，其中的两只，我已记不清它们的样子。只记得另外两只，一只是黑白色的，一只是黄白的。这黄白色的一只先到我家，家里的人替它取了一个名字叫作来富。我们中国人喜欢吉利，人的大号，常常用荣华富贵，替狗取名字，也离不了这个调子。这一只来富，腿特别矮，走路东一拐西一歪，非常有趣。它像一个女孩子一样，顽皮的时节顽皮得厉害；可是看见了生人，却又十分怕羞，时常悄悄躲在身边，一点声音都没有。另外那只黑白色的，是一个英国人送给我们的，原来有个名字叫作保罗。这是个教名，我不知道它是否信仰上帝。它来的时候，颈子里就缚着一个很漂亮的圈，像是带着领圈，给人一种穿洋装的印象。这只小保罗，有一种挺怪僻的脾气，看见衣服穿得不十分好的人，它倒并不狂吠乱咬，只用一种严肃的眼光，注视那个人，表示它的厌恶。那时我们家里开着一个钟表店，店里常有华贵的小姐们出进，这小东西却专喜欢对她们摇尾巴。那时我家的人常常笑着说：这只洋装小狗的尾巴，倒好像专为那些漂亮小姐而生的。直到如今，我一想起这一只狗，同时也会想起我的朋友某君，我不知道这种联想是如何发生的。

那时我真喜欢这四只狗，差不多是形影不离，到晚上我就让它们同睡在我的小铁床上，人和狗挤在一起。为了这件事，我常常受到父母严厉的呵责。可是我不听话，那四只狗也不听话，大人们把它们从床上驱走，不是我把其中的一只抱上了床，就是它们中有一两只跳了上来；一只跳上来，大队也就跟之而来，结果，依然挤满了一床。大人弄得没法，只能督促用人多给它们洗澡，洗完澡，还替它们洒上一些香水，索性让它们睡在我的床上。

后来我到民立中学去读书，寄宿在学校里，到星期六才能回家。我每次回家，这四只狗一听到我的声音，简直像四条狼那样从门里射出来来欢迎我，那种疯狂的高兴，使我无法形容。它们简直是从四面八方包围上来向我冲锋。跳得高的蹿过了我的头，有的狂伸着舌头想舐我的脸。它们这样高兴，为的是我一到家，它们又能受到饮食上的优待，至少在晚上又有温软的床铺可睡。人想享受狗也想享受，它们的高兴，原是不为无因的。

以后这四只小狗，死的死了，走失的走失了，记得还有两只，那是由亲友们强讨去的。而从那时候起，我家的景况，也一天不如一天，我们把花园房子卖掉了，我们的房屋越住越小，店也盘给了别人，我吧，从此不再有豢养四只狗的环境，而我也从此有很长的时间不再养狗。记得最初第一只狗，我们替它取名"来富"，在它来的时候，我们果然过着富裕的生活，来富一去，我们的富裕的生活也随之而去。怪不得我们中国人，随时随地要讨吉利。

我在十九岁的时候，我们的家，搬到了火车站边的升顺里。有一个傍晚，偶然在弄堂里散步，那时忽有一个小狗，不知道是看错了人还是什么，竟在我的身后跟了过来。我走，它也走，我停，它在我身前身后摇尾打转。我是一个喜欢狗的人，不禁吹吹嘴唇引逗着它，它也格外向我表示亲热。等我回家，它竟一直跟到了我的家门口。那只狗的毛片，很不讨人欢喜，淡黄的颜色之中带点灰色，粗看像在泥堆里面打过一个滚，其实是天生的这样的毛片。它的面貌尤其难看：嘴巴尖得讨厌，完全像是一只草狗。可是说它是草狗，它的腿却很短，耳朵也垂着，又像是哈巴狗的种。总之，这是一只太难看的变种狗。我因为它的长相不讨人欢喜，觉得把它带回了家，家里人一定不欢迎，第一个我母亲先要说话。而且，我看这只小狗，一条极尖的尾巴，被剪成了竹节的样子，可见一定有人家养着的。我自己养的狗，怕被人家偷走，人家养的狗，我也不愿意无端把它拐带回来。所以我在进门的时候，用脚尖轻轻抵着它，嘴里也做着驱逐的声音，不让它跟进门口。哪知我虽尽力把它驱走，它却尽力把它的身子，从我的脚边硬挤过来，好容易把它驱出去，关上了门，它却只在门外猎猎地低吠，表示非进来不可，我听着觉得不忍，终于又开门把它放了进来。

　　果然，我把这只难看的小狗收留下来之后，家里的人都纷纷向我说话，他们讥笑我说：唯有你这难看的人，才会要这难看的狗。我母亲说我弄不出好事情来，不知从哪一处垃圾堆里，捡到这样的一只小狗。可是他们你也说它难看，我也嫌它讨厌，但这只小狗，却有一处特异的地方，以前我曾养过好几只狗，我也抚弄过许多别人养的狗，我可从来没有一次看到过一只狗的毛片有这样的柔软。这小狗的身上，简直像是穿着绒大衣，又像裹着一重天鹅绒，摸到手上，有一种说不出的温暖的感觉。除此以外，这小狗还特别善解人意，它知道我们家的人全都不欢迎它，每逢走过别人的身前时，它老是抬起可怜的眼色，向人家的脸上看着。它的态度又斯文，又小心，直等走到了我的身前，方始像一个顽皮孩子躲过了老师的眼，样子顿时变得活泼，脚步也开始放纵起来。有时它在我的身前乱纵乱跳，我常常故意用呵斥顽皮小孩的声气，呵斥它说：你这样讨厌，他们马上要把你赶走，让你没有饭吃了，还不赶快到椅子底下去躲着！说的时候，我用脚尖指指椅下，它就依着我的指示，乖乖地躲到椅子底下悄然躲起来，在椅下躲得太久的时候，它会伸出头来，呜呜地叫一声，意思好像说：我可以出来了吗？只要我重重地向它哼一声，它就来不及地再把它的尖嘴缩回到椅子下。记得那时是冷天，我常常脱掉了鞋，把脚轻轻踏在它的身上，只觉得它的又肥又软的身子，暖烘烘的，像是一个热水袋。——这一只狗，我们从它的颜色上给了它一个姓，就叫它是阿黄。

那时候，这一只可怜的小狗总算在我竭力推荐之下，在我家豢养了两三个月。可是终于因我家的屋子太小，母亲又不欢喜养狗，有一次，家里人趁我不在，他们用了一个蒲包，把它装了起来，从火车上把它带到了吴淞，而将它放走。却哄骗我说，是它自己走失的。那时我虽已非常喜欢这只狗，但因它是自己走失的，也就感到无可奈何。不料这一只可怜的生物，只被放走了一夜，到第二天就找回了家。它回来的时候，我当然十分喜悦，而它的那种疯狂的高兴，也使我无法形容，它大声地叫，像告诉我，它几乎不能和我再见。它又呜呜小吠，仿佛向我诉说：它是受到了说不出的欺侮。可怜！这小生物也有着像人类一样的悲欢的情感，只是无法说出它的情感罢了。后来我方知道它是被放到了吴淞，从那条迢迢的长途上孤零零地摸索回来的。一只小狗，能从三十六里路之外找回它的家，这不能不说是一个奇迹。从此我便格外爱怜着它。

又有一次，那时我家已迁移到了吴淞，和外祖父同居。这一次我的家人把这小狗，从舢板上带过了三里路阔的吴淞江，就把它抛弃在江东的岸滩上，他们依旧抄袭旧文，说是阿黄又走失了。可是我因上一次的事，再也不受他们的欺骗。于是我为了这只小狗，和家里人吵了一次空前未有的大架。我乱叫乱跳，乱摔着东西，我要他们赔偿我这只心爱的小狗，我想这小东西被抛弃在外，从此无家可归，也许就会饿死，甚至被人杀掉吃掉。人，多数是残忍的，什么事情做不出来？想到这里，我格外难受，也就格外吵得厉害。至此，我家里的人方始后悔，不该放走这狗，引起这一场不可收拾的是非。正在闹得一天星斗的时候，不料，那只狗在上午放走的，到下午，竟又水淋淋地乱蹦了回来。那时的情形，我想任何人看到了也要受到感动：它不顾三七二十一，就把湿作一团的身子，一跳就跳到我的身上，又吐出舌头，乱舔着我的脸。总之，我简直无法说明它的高兴。这样三番两次地跳跃，它身上的水渍，一半已分润到我的身上，人与狗都湿成一片。家里人是看着又好气，又好笑，可是他们也不再阻止这可怜的生物，在我身上跳上跳下。

后来我方打听出，这只狗是怎样渡过了这三里阔的吴淞江面而找回家来的。原来，它在江东岸上，泅过了一段浅滩，跳上了一只舢板，在舢板的一角里，水淋淋觳觫作一堆，不时还可怜地看着那些舢板上的人，像恳求他们不要把它驱走。那个摇舢板的人，根本不知道这只狗是哪里来的，也许，他误认为这是舢板中的乘客带的，因此没有把它赶走。等到舢板船要靠岸，它又一跃下去，再从水里泅到岸上，一跃上岸而逃回了家里。原来我外祖父家吃的是水面上的饭，和舢板上的人都认识，这情形是他们亲口告诉我的。我在听到这个情形的时候，忍不住又把这可怜的小狗抱在怀里，吻着它的难看的尖嘴。

我记起在我们同类之中，好像还没有遇见过这样热情的一个，我的心里有点难受，我的热泪几乎滴到这小东西的温软的毛片上！

小黑狗

萧 红

象从前一样，大狗是睡在门前的木台上。望着这两只狗，我沉默着。我自己知道又是想起我的小黑狗来了。

前两个月的一天早晨，我去倒脏水。在房后的角落处，房东的使女小钰蹲在那里。她的黄头发毛着，我记得清清的，她的衣扣还开着。我看见的是她的背面，所以我不能预测这是发生了什么！

我斟酌着我的声音，还不等我向她问，她的手已在颤抖，唔！她颤抖的小手上有个小狗在闭着眼睛，我问：

"哪里来的？"

"你来看吧！"

她说着，我只看她毛蓬的头发摇了一下，手上又是一个小狗在闭着眼睛。

不仅一个两个，不能辨清是几个，简直是一小堆。我也和孩子一样，和小钰一样欢喜着跑进屋去，在床边拉他的手：

"平森……啊，……喔喔……"

我的鞋底在地板上响，但我没说出一个字来，我的嘴废物似的啊喔着。他的眼睛瞪住，和我一样，我是为了欢喜，他是为了惊愕。最后我告诉了他，是房东的大狗生了小狗。

过了四天，别的一只母狗也生了小狗。

以后小狗都睁开眼睛了。我们天天玩着它们，又给小狗搬了个家，把它们都装进木箱里。

争吵就是这天发生的：小钰看见老狗把小狗吃掉一只，怕是那只老狗把它的小狗完全吃掉，所以不同意小狗和那个老狗同居，大家就抢夺着把余下的三个小狗也给装进木箱去，算是那只白花狗生的。

那个毛褪得稀疏、骨骼突露、瘦得龙样似的老狗，追上来。白花狗仗着年轻不惧敌，哼吐着开仗的声音。平时这两条狗从不咬架，就连咬人也不会。现在凶恶极了。就象两条小熊在咬架一样。房东的男儿，女儿，听差，使女，又加我们两个，此时都没有用了。不能使两个狗分开。两个狗满院疯狂地拖跑。人也疯狂着。在人们吵闹的声音里，老狗的乳头脱掉一个，含在白花狗的嘴里。

人们算是把狗打开了。老狗再追去时，白花狗已经把乳头吐到地上，跳进木箱看护它的一群小狗去了。

脱掉乳头的老狗，血流着，痛得满院转走。木箱里它的三个小狗却拥挤着不是自己的妈妈，在安然地吃奶。

有一天，把个小狗抱进屋来放在桌上，它害怕，不能迈步，全身有些颤，我笑着象是得意，说：

"平森，看小狗啊！"

他却相反，说道：

"哼！现在觉得小狗好玩，长大要饿死的时候，就无人管了。"

这话间接的可以了解。我笑着的脸被这话毁坏了，用我寞寞的手，把小狗送了出去。我心里有些不愿意，不愿意小狗将来饿死。可是我却没有说什么，面向后窗，我看望后窗外的空地；这块空地没有阳光照过，四面立着的是有产阶级的高楼，几乎是和阳光绝了缘。不知什么时候，小狗是腐了，乱了，挤在木板下，左近有苍蝇飞着。我的心情完全神经质下去，好像躺在木板下的小狗就是我自己，像听着苍蝇在自己已死的尸体上寻食一样。

平森走过来，我怕又要证实他方才的话。我假装无事，可是他已经看见那个小狗了。我怕他又要象征着说什么，可是他已经说了：

"一个小狗死在这没有阳光的地方，你觉得可怜么？年老的叫化子不能寻食，死在阴沟里，或是黑暗的街道上；女人，孩子，就是年轻人失了业的时候也是一样。"

我愿意哭出来，但我不能因为人都说女人一哭就算了事，我不愿意了事。可是慢慢地我终于哭了！他说："悄悄，你要哭么？这是平常的事，冻死，饿死，黑暗死，每天都有这样的事情，把持住自己。渡我们的桥梁吧，小孩子！"

我怕着羞，把眼泪拭干了，但，终日我是心情寞寞。

过了些日子，十二个小狗之中又少了两个。但是剩下的这些更可爱了。会摇尾巴，会学着大狗叫，跑起来在院子就是一小群。有时门口来了生人，它们也跟着大狗跑去，并不咬，只是摇着尾巴，就象和生人要好似的，这或是小狗还不晓得它们的责任，还不晓得保护主人的财产。

天井中纳凉的软椅上，房东太太吸着烟。她开始说家常话了。结果又说到了小狗：

"这一大群什么用也没有，一个好看的也没有，过几天把它们远远地送到马路上去。秋天又要有一群，厌死人了！"

坐在软椅旁边的是个六十多岁的老更倌。眼花着，有主意的嘴结结巴巴地说：

"明明……天，用麻……袋背送到大江去……"

小钰是个小孩子，她说：

"不用送大江，慢慢都会送出去。"

小狗满院跑跳。我最愿意看的是它们睡觉，多是一个压着一个脖子睡，小圆肚一个个的相挤着。凡来了熟人的时候都是往外介绍，生得好看一点的抱走了几个。

其中有一个耳朵最大，肚子最圆的小黑狗，算是我的了。我们的朋友用小提篮带回去两个，剩下的只有一个小黑狗和一个小黄狗。老狗对它两个非常珍惜起来，争着给小狗去舔绒毛。这时候小狗在院子里已经不成群了。

我从街上回来，打开窗子。我读一本小说。那个小黄狗挠着窗纱，和我玩笑似的竖起身子来挠了又挠。

我想：

"怎么几天没有见到小黑狗呢？"

我喊来了小钰。别的同院住的人都出来了，找遍全院，不见我的小黑狗。马路上也没有可爱的小黑狗，再也看不见它的大耳朵了！它忽然是失了踪！

又过三天，小黄狗也被人拿走。

没有妈妈的小钰向我说：

"大狗一听隔院的小狗叫，它就想起它的孩子。可是满院急寻，上楼顶去张望。最终一个都不见，它哽哽地叫呢！"

十三个小狗一个不见了！和两个月以前一样，大狗是孤独地睡在木台上。

　　平森的小脚，鸽子形的小脚，栖在床单上，他是睡了。我在写，我在想，玻璃窗上的三个苍蝇在飞……

花狗 | 萧红

在一个深奥的，很小的院心上，集聚几个邻人。这院子种着两棵大芭蕉，人们就在芭蕉叶子下边谈论着李寡妇的大花狗。

有的说：

"看吧，这大狗又倒霉了。"

有的说：

"不见得，上回还不是闹到终归儿子没有回来，花狗也饿病了，因此李寡妇哭了好几回……"

"唉，你就别说啦，这两天还不是么，那大花狗都站不住了，若是人一定要扶着墙走路……"

人们正说着，李寡妇的大花狗就来了。它是一条虎狗，头是大的，嘴是方的，走起路来很威严，全身是黄毛带着白花。它从芭蕉叶里露出来了，站在许多人的面前，还勉强地摇一摇尾巴。

但那原来的姿态完全不对了，眼睛没有一点光亮，全身的毛好像要脱落似的在它的身上飘浮着。而最可笑的是它的脚掌很稳地抬起来，端得平平地再放下去，正好像在操演的军队的脚掌似的。

人们正想要说些什么，看到李寡妇戴着大帽子从屋里出来，大家就停止了，都把眼睛落到李寡妇的身上。她手里拿着一把黄香，身上背着一个黄布口袋。

"听说少爷来信了，倒是吗？"

"是的，是的，没有多少日子，就要换防回来的……是的……亲手写的信来……我是到佛堂去烧香，是我应许下的，只要老佛爷保佑我那孩子有了信，从那天起，我就从那天三遍香烧着，一直到他回来……"那大花狗仍照着它平常的习惯，一看到主人出街，它就跟上去，李寡妇一边骂着就走远了。

那班谈论的人，也都谈论一会各自回家了。

留下了大花狗自己在芭蕉叶下蹲着。

大花狗，李寡妇养了它十几年，李老头子活着的时候，和她吵架，她一生气坐在椅子上哭半天会一动不动的，大花狗就陪着她蹲在她的脚尖旁。她生病的时候，大花狗也不出屋，就在她旁边转着。她和邻居骂架时，大花狗就上去撕人家衣服。她夜里失眠时，大花狗摇着尾巴一直陪她到天明。

所以她爱这狗胜过于一切了，冬天给这狗做一张小棉被，夏天给它铺一张小凉席。

李寡妇的儿子随军出发了以后，她对这狗更是一时也不能离开的，她把这狗看成个什么都能了解的能懂人性的了。

有几次她听了前线上恶劣的消息，她竟拍着那大花狗哭了好几次，有的时候像枕头似的枕着那大花狗哭。

大花狗也实在惹人怜爱，卷着尾巴，虎头虎脑的，虽然它忧愁了，寂寞了，眼睛无光了，但这更显得它柔顺，显得它温和。所以每当晚饭以后，它挨着家凡是里院外院的人家，它都用嘴推开门进去拜访一次，有剩饭的给它，它就吃了，无有剩饭，它就在人家屋里绕了一个圈就静静地出来了。这狗流浪了半个月了，它到主人旁边，主人也不打它，也不骂它，只是什么也不表示，冷静地接待了它，而并不是按着一定的时候给东西吃，想起来就给它，忘记了也就算了。

大花狗落雨也在外边，刮风也在外边，李寡妇整天锁着门到东城门外的佛堂去。

有一天她的邻居告诉她：

"你的大花狗，昨夜在街上被别的狗咬了腿流了血……"

"是的，是的，给它包扎包扎。"

"那狗实在可怜呢，满院子寻食……"邻人又说。

"唉，你没听在前线上呢，那真可怜……咱家里这一只狗算什么呢？"她忙着话没有说完，又背着黄布口袋上佛堂烧香去了。

等邻人第二次告诉她说：

"你去看看你那狗吧！"

那时候大花狗已经躺在外院的大门口了，躺着动也不动，那只被咬伤了的前腿，晒在太阳下。

本来李寡妇一看了也多少引起些悲哀来，也就想喊人来花两角钱埋了它。但因为刚刚又收到儿子一封信，是广州退却时写的，看信上说儿子就该到家了，于是她逢人便讲，竟把花狗又忘记了。

这花狗一直在外院的门口，躺了三两天。

是凡经过的人都说这狗老死了，或是被咬死了，其实不是，它是被冷落死了。

追念小友阿黑

周瘦鹃

　　我还清楚地记得，这一天是一九五七年一月十三日，气温低到了零摄氏度以下，风像虎啸般在呼呼地刮。我的心上似乎压着一大块铅，沉重得很——原来我的小友阿黑忽地死了！阿黑是谁？并不是所谓圆颅方趾的人类，而是在我家活了十八年的一头黑毛母狗。

　　在抗日战争期间，我家原有一头黄色的母狗，不幸牺牲于日寇枪弹之下，也算是殉了国；遗下了两个孤儿，一黄一黑，黄的不久夭折了，就剩下了黑的，孤零零地活着，这就是我的小友阿黑。那时我在上海申报馆工作，全家移居上海，由花工张世京留守家园，照顾花木，阿黑也是他饲养长大的；屈指算来，已足足有十八年之久了。

　　阿黑恰在苏州沦陷的黑色日子里出生，可说是饱经了忧患。它的母亲殉了难，先就享受不到温暖的母爱；然而它竟顽强地成长起来，茁壮可喜。有时我从上海含垢忍辱地回到苏州来看看故园花木，它虽并不跟我常见，可是一见我进门，就摇头摆尾，表示欢迎，好像认识我这名义上的主人似的。

它在这漫长的十八年间，倒也可以说得上是迭经世变，饱阅沧桑的了。它曾亲见穷凶极恶的日寇垂头丧气地退出了苏州，亲见祖国获得了最后胜利。它的小心眼里，也许会因母亲之死得到了报偿而分外高兴吧！它也曾亲见我全家重返故园，不再让它消磨那寂寞的时光。它也曾亲见我流干了眼泪，埋葬我那三十年来相依为命的亡妻胡凤君。它也曾亲见我鸠工庀材，在劫灰中重建了家宅。它也曾亲见我重续鸾胶和三个小女儿的先后诞生。它也曾亲见我那些成年的子女，逢到岁时令节，跟他们的爱人成双作对而来，和我同叙天伦之乐。它也曾亲见人民解放军浩浩荡荡地进入苏州，解放了这个灰溜溜的古城。它也曾亲见我先后当选了市人民代表和省人民代表，过着晚年甜蜜蜜的幸福生活。它也曾亲见这些年来国内外贵宾们的光临小园，而伴同我欢迎和欢送。十八年来，它跟我共忧患，同安乐，已滋长了亲如骨肉的情感。它好容易从烽火连天中成长起来，仿佛是一个二九年华的少女，正在挺好的年头。我希望它好好地活下去，看到一个十足富强的社会主义新中国的建成。谁知它竟死了，默默地死了，怎么不使我为它悲哀，为它落泪！

阿黑是中型的身材，长着一身光泽的黑毛，只有腹部和四只脚是白色的，简直是其白如雪。它平日深居简出，守身如玉，十八年来从未生育过。它看守门户十分尽职，一听得陌生的人声，就吠叫报警，然而绝不胡乱咬人。我有时为了参加晚会，夜深回家，它总在门口摇尾相迎，从不偷懒。它生性特别温和，常跟小猫在一起玩，让它在身上跳荡，绝不生气。我每天在午晚就餐时，它总守候在侧，似在耐心地伺候我。餐罢我总把鱼骨、肉皮、虾壳等亲自喂给它吃，它吃完之后，又在门口等着，我总得把嚼烂了的最后一口饭菜赏给它，习以为常，它也欣然领受。一个月前，它的腹下生了一个瘤，没法给它疗治，哪知竟天天肿大，终于溃烂；但它依然很活泼，每天依然伺候我吃饭，像平时一样。我以为这是不妨事的，就麻痹大意起来。不料一连几天，我为了出席市人民代表大会，不在家里吃饭，它也就躺在柴房中，不再出来。到了十三日清早，旭日尚未东升的时候，劳动大娘来报阿黑死了。我大吃一惊，立即跑去看它，见它侧身躺在稻草上，好像睡熟了一样。我掉着眼泪，回身到客堂中把花瓶里插着的一枝蜡梅花拔了，仍然跑到柴房门口，安放在它那毛色漆黑的身上，悄悄地说道："阿黑，你好好地去吧，但我希望你再来！"并作悼诗云："忧乐相依十八年，迎宾司户念君贤。而今归向灵山去，何日重来续旧缘？"

外编

认识的人越多，越喜欢动物

沙坪小屋的鹅

丰子恺

　　抗战胜利后八个月零十天，我卖脱了三年前在重庆沙坪坝庙湾地方自建的小屋，迁居城中去等候归舟。

　　除了托庇三年的情感以外，我对这小屋实在毫无留恋。因为这屋太简陋了，这环境太荒凉了；我去屋如弃敝屣。倒是屋里养的一只白鹅，使我恋恋不忘。

　　这白鹅，是一位将要远行的朋友送给我的。这朋友住在北碚，特地从北碚把这鹅带到重庆来送给我。我亲自抱了这雪白的大鸟回家，放在院子内。它伸长了头颈，左顾右盼，我一看这姿态，想道："好一个高傲的动物！"凡动物，头是最主要部分。这部分的形状，最能表明动物的性格。例如狮子、老虎，头都是大的，表示其力强。麒麟、骆驼，头都是高的，表示其高超。狼、狐、狗等，头都是尖的，表示其刁奸猥鄙。猪猡、乌龟等，头都是缩的，表示其冥顽愚蠢。鹅的头在比例上比骆驼更高，与麒麟相似，正是高超的性格的表示。而在它的叫声、步态、吃相中，更表示出一种傲慢之气。

鹅的叫声，与鸭的叫声大体相似，都是"轧轧"然的。但音调上大不相同。鸭的"轧轧"，其音调琐碎而愉快，有小心翼翼的意味；鹅的"轧轧"，其音调严肃郑重，有似厉声呵斥。它的旧主人告诉我：养鹅等于养狗，它也能看守门户。后来我看到果然：凡有生客进来，鹅必然厉声叫嚣；甚至篱笆外有人走路，也要它引吭大叫，其叫声的严厉，不亚于狗的狂吠。狗的狂吠，是专对生客或宵小用的；见了主人，狗会摇头摆尾，呜呜地乞怜。鹅则对无论何人，都是厉声呵斥；要求饲食时的叫声，也好像大爷嫌饭迟而怒骂小使一样。

鹅的步态，更是傲慢了。这在大体上也与鸭相似。但鸭的步调急速，有局促不安之相。鹅的步调从容，大模大样的，颇像平剧里的净角出场。这正是它的傲慢的性格的表现。我们走近鸡或鸭，这鸡或鸭一定让步逃走。这是表示对人惧怕。所以我们要捉住鸡或鸭，颇不容易。那鹅就不然：它傲然地站着，看见人走来简直不让；有时非但不让，竟伸过颈子来咬你一口。这表示它不怕人，看不起人。但这傲慢终归是狂妄的。我们一伸手，就可一把抓住它的项颈，而任意处置它。家畜之中，最傲人的无过于鹅。同时最容易捉住的也无过于鹅。

鹅的吃饭，常常使我们发笑。我们的鹅是吃冷饭的，一日三餐。它需要三样东西下饭：一样是水，一样是泥，一样是草。先吃一口冷饭，次吃一口水，然后再到某地方去吃一口泥及草。这地方是它自己选定的，选的目标，我们做人的无法知道。大约泥和草也有各种滋味，它是依着它的胃口而选定的。这食料并不奢侈；但它的吃法，三眼一板，丝毫不苟。譬如吃了一口饭，倘水盆偶然放在远处，它一定从容不迫地踏大步走上前去，饮水一口，再踏大步走到一定的地方去吃泥，吃草。吃过泥和草再回来吃饭。这样从容不迫地吃饭，必须有一个人在旁侍候，像饭馆里的侍者一样。因为附近的狗，都知道我们这位鹅老爷的脾气，每逢它吃饭的时候，狗就躲在篱边窥伺。等它吃过一口饭，踱着方步去吃水、吃泥、吃草的当儿，狗就敏捷地跑上来，努力地吃它的饭。没有吃完，鹅老爷偶然早归，伸颈去咬狗，并且厉声叫骂，狗立刻逃往篱边，蹲着静候；看它再吃了一口饭，再走开去吃水、吃草、吃泥的时候，狗又敏捷地跑上来，这回就把它的饭吃完，扬长而去了。等到鹅再来吃饭的时候，饭罐已经空空如也。鹅便昂首大叫，似乎责备人们供养不周。这时我们便替它添饭，并且站着侍候。因为邻近狗很多，一狗方去，一狗又来蹲着窥伺了。邻近的鸡也很多，也常蹑手蹑脚地来偷鹅的饭吃。我们不胜其烦，以后便将饭罐和水盆放在一起，免得它走远去，被鸡、狗偷饭吃。然而它所必需的盛馔泥和草，所在的地点远近无定。为了找这盛馔，它仍是要走远去的。因此鹅的吃饭，非有一人侍候不可。真是架子十足的！

鹅，不拘它如何高傲，我们始终要养它，直到房子卖脱为止。因为它对我们，物质上和精神上都有贡献，使主母和主人都欢喜它。物质上的贡献，是生蛋。它每天或隔天生一个蛋，篱边特设一堆稻草，鹅蹲伏在稻草中了，便是要生蛋了。家里的小孩子更兴奋，站在它旁边等候。它分娩毕，就起身，大踏步走进屋里去，大声叫开饭。这时候孩子们把蛋热热地捡起，藏在背后拿进屋子来，说是怕鹅看见了要生气。鹅蛋真是大，有鸡蛋的四倍呢！主母的蛋篓子内积得多了，就拿来制盐蛋，炖一个盐鹅蛋，一家人吃不了的！工友上街买菜回来说："今天菜市上有卖鹅蛋的，要四百元一个，我们的鹅每天挣四百元，一个月挣一万二，比我们做工还好呢。哈哈哈哈。"大家陪他"哈哈哈哈"。望望那鹅，它正吃饱了饭，昂胸凸肚地，在院子里踱方步，看野景，似乎更加神气活现了。但我觉得，比吃鹅蛋更好的，还是它的精神的贡献。因为我们这屋实在太简陋，环境实在太荒凉，生活实在太岑寂了。赖有这一只白鹅，点缀庭院，增加生气，慰我寂寥。

且说我这屋子，真是简陋极了：篱笆之内，地皮二十方丈，屋所占的只六方丈，其余算是庭院。这六方丈上，建着三间"抗

建式"平屋，每间前后划分为二室，共得六室，每室平均一方
丈。中央一间，前室特别大些，约有一方丈半弱，算是食堂兼
客堂；后室就只有半方丈强，比公共汽车还小，作为家人的卧
室。西边一间，平均划分为二，算是厨房及工友室。东边一间，
也平均划分为二，后室也是家人的卧室，前室便是我的书房兼
卧房。三年以来，我坐卧写作，都在这一方丈内。归熙甫《项
脊轩记》中说："室仅方丈，可容一人居。"又说："雨泽下注，
每移案，顾视无可置者。"我只有想起这些话的时候，感觉得
自己满足。我的屋虽不上漏，可是墙是竹制的，单薄得很。夏
天九点钟以后，东墙上炙手可热，室内好比开放了热水汀。这
时候反教人希望警报，可到六七丈深的地下室去凉快一下呢。

竹篱之内的院子，薄薄的泥层下面尽是岩石，只能种些番
茄、蚕豆、芭蕉之类，却不能种树木。竹篱之外，坡岩起伏，
尽是荒郊。因此这小屋赤裸裸的，孤零零的，毫无依蔽；远远
望来，正像一个亭子。我长年坐守其中，就好比一个亭长。这
地点离街约有里许，小径迂回，不易寻找，来客极稀。杜诗"幽
栖地僻经过少"一句，这屋可以受之无愧。风雨之日，泥泞载
途，狗也懒得走过，环境荒凉更甚。这些日子的岑寂的滋味，
至今回想还觉得可怕。

自从这小屋落成之后，我就辞绝了教职，恢复了战前的闲

居生活。我对外间绝少往来，每日只是读书作画，饮酒闲谈而已。我的时间全部是我自己的。这是我的性格的要求，这在我是认为幸福的。然而这幸福必需两个条件：在太平时，在都会里。如今在抗战期，在荒村里，这幸福就伴着一种苦闷——岑寂。为避免这苦闷，我便在读书、作画之余，在院子里种豆，种菜，养鸽，养鹅。而鹅给我的印象最深。因为它有那么庞大的身体，那么雪白的颜色，那么雄壮的叫声，那么轩昂的态度，那么高傲的脾气和那么可笑的行为。在这荒凉岑寂的环境中，这鹅竟成了一个焦点。凄风苦雨之日，手酸意倦之时，推窗一望，死气沉沉；唯有这伟大的雪白的东西，高擎着琥珀色的喙，在雨中昂然独步，好像一个武装的守卫，使得这小屋有了保障，这院子有了主宰，这环境有了生气。

我的小屋易主的前几天，我把这鹅送给住在小龙坎的朋友人家。送出之后的几天内，颇有异样的感觉。这感觉与诀别一个人的时候所发生的感觉完全相同，不过分量较为轻微而已。原来一切众生，本是同根，凡属血气，皆有共感。所以这禽鸟比这房屋更是牵惹人情，更能使人留恋。现在我写这篇短文，就好比为一个永诀的朋友立传，写照。

这鹅的旧主人姓夏名宗禹，现在与我邻居着。

小动物们

老舍

鸟兽们自由的生活着，未必比被人豢养着更快乐。据调查鸟类生活的专门家说，鸟啼绝不是为使人爱听，更不是以歌唱自娱，而是占据猎取食物的地盘的示威；鸟类的生活是非常的艰苦。兽类的互相残食是更显然的。这样，看见笼中的鸟，或柙中的虎，而替它们伤心，实在可以不必。可是，也似乎不必替它们高兴；被人养着，也未尽舒服。生命仿佛是老在魔鬼与荒海的夹缝儿，怎样也不好。

我很爱小动物们。我的"爱"只是我自己觉得如此；到底对被爱的有什么好处，不敢说。它们是这样受我的恩养好呢，还是自由的活着好呢？也不敢说。把养小动物们看成一种事实，我才敢说些关于它们的话。下面的述说，那么，只是为述说而述说。

先说鸽子。我的幼时，家中很贫。说出"贫"来，为是声明我并养不起鸽子；鸽子是种费钱的活玩艺儿。可是，我的两位姐丈都喜欢玩鸽子，所以我知道其中的一点儿故典。我没事儿就到两家去看鸽，也不短随着姐丈们到鸽市去玩；他们都比我大着二十多岁。我的经验既是这样来的，而且是幼时的事，恐怕说得不能很完全了；有好多鸽子名已想不起来了。

鸽的名样很多。以颜色说，大概应以灰、白、黑、紫为基本色儿。可是全灰全白全黑全紫的并不值钱。全灰的是楼鸽，院中撒些米就会来一群；物是以缺者为贵，楼鸽太普罗。有一种比楼鸽小，灰色也浅一些的，才是真正的"灰"；但也并不很贵重。全白的，大概就叫"白"吧，我记不清了。全黑的叫黑儿，全紫的叫紫箭，也叫猪血。

猪血们因为羽色单调，所以不值钱，这就容易想到值钱的必是杂色的。杂色的种类多极了，就我所知道的——并且为清楚起见——可以分作下列的四大类：点子、乌、环、玉翅。点子是白身腔，只在头上有手指肚大的一块黑，或紫；尾是随着头上那个点儿，黑或紫。这叫作黑点子和紫点子。乌与点子相近，不过是头上的黑或紫延长到肩与胸部。这叫黑乌或紫乌。这种又有黑翅的或紫翅的，名铁翅乌或铜翅乌——这比单是乌又贵重一些。还有一种，只有黑头或紫头，而尾是白的，叫作黑乌头或紫乌头；比乌的价钱要贱一些。刚才说过了，乌的头部的黑或紫毛是后齐肩，前及胸的。假若黑或紫毛只是由头顶到肩部，而前面仍是白的，这便叫作老虎帽，因为很像廿年前通行的风帽；这种确是非常的好看，因而价值也就很高。在民国初年，兴了一阵子蓝乌和蓝乌头，头尾如乌，而是灰蓝色儿的。这种并不好看，出了一阵子锋头也就拉倒了。

环，简单得很：全白而项上有一黑圈者叫墨环；反之，全黑而项上有白圈者是玉环。此外有紫环，全白而项上有一紫环。"环"这种鸽似乎永远不大高贵。大概可以这么说，白尾的鸽是不易与黑尾或紫尾的相抗，因为白尾的飞起来不大美。

玉翅是白翅边的。全灰而有两白翅是灰玉翅；还有黑玉翅、紫玉翅。所谓白翅，有个讲究：翅上的白翎是左七右八。能够这样，飞起来才正好，白边儿不过宽，也不过窄。能生成就这样的，自然很少，所以鸽贩常常作假，硬插上一两根，或拔去些，是常有的事。这类中又有变种：玉翅而有白尾的，比如一只黑鸽而有左七右八的白翅翎，同时又是白尾，便叫作三块玉。灰的、紫的，也能这样。要是连头也是白的呢便叫作四块玉了。四块玉是较比有些价值的。

在这四大类之外，还有许多杂色的鸽。如鹤袖，如麻背，都有些价值，可不怎么十分名贵。在北平，差不多是以上述的四大类为主。新种随时有，也能时兴一阵，可都不如这四类重要与长远。

就这四大类说，紫的老比别的颜色高贵。紫色儿不容易长到好处，太深了就遭猪血之诮，太浅了又黄不唧的寒酸。况且还容易长"花了"呢，特别是在尾巴上，翎的末端往往露出白来，像一块癣似的，把个尾巴就毁了。

紫以下便是黑，其次为灰。可是灰色如只是一点，如灰头、灰环，便又可贵了。

这些鸽中，以点子和乌为"古典的"。它们的价值似乎永远不变，虽然普通，可是老是鸽群之主。这么说吧，飞起四十只鸽，其中有过半的点子和乌，而杂以别种，便好看。反之，则不好看。要是这四十只都是点子，或都是乌，或点子与乌，便能有顶好的阵容。你几乎不能飞四十只环或玉翅。想想看吧：点子是全身雪白，而有个黑或紫的尾，飞起来像一群玲珑的白鸥；及至一翻身呢，那黑或紫的尾给这轻洁的白衣一个色彩深厚的裙儿，既轻妙而又厚重。假若是太阳在西边，而东方有些黑云，那就太美了：白翅在黑云下自然分外的白了；一斜身儿呢，黑尾或紫尾——最好是紫尾——迎着阳光闪起一些金光来！点子如是，乌也如是。白尾巴的，无论长得多么体面，飞起来没这种美妙，要不怎么不大值钱呢。铁翅乌或铜翅乌飞起来特别的好看，像一朵花，当中一块白，前后左右都镶着黑或紫，它使人觉得安闲舒适。可是铜翅乌几乎永远不飞，飞不起，贱的也是几十块钱一对儿吧。玩鸽子是满天飞洋钱的事儿，洋钱飞起却是不如在手里牢靠的。

可是，鸽子的讲究儿不专在飞，正如女子出头露脸不专仗着能跑五十米。它得长得俊。先说头吧，平头或峰头（峰读如凤；也许就是凤，而不是峰），便决定了身价的高低。所谓峰头或凤头的，是在头上有一撮立着的毛；平头是光葫芦。自然凤头的是更美，也更贵。峰——或凤——不许有杂毛，黑便全黑，紫便全紫，搀着白的便不够派儿。它得大，而且要像个荷包似的向里包包着。鸽贩常把峰的杂毛剔去，而且把不像荷包的收拾得像荷包。这样收拾好的峰，就怕鸽子洗澡，因为那好看的头饰是用胶粘的。

头最怕鸡头，没有脑杓儿，愣头磕脑的不好看。头须像算盘子儿，圆乎乎的，丰满。这样的头，再加上个好峰，便是标准美了。

眼，得先说眼皮。红眼皮的如害着眼病，当然不美。所以要强的鸽子得长白眼皮。宽宽的白眼皮，使眼睛显着大而有神。眼珠也有讲究，豆眼、隔棱眼，都是要不得的。可惜我离开鸽子们已廿多年，形容不上来豆眼等是什么样子了；有机会到北平去住几天，我还能把它们想起来，到鸽市去两趟就行了。

嘴也很要紧。无论长得多么体面的鸽，来个长嘴，就算完了事。要不怎么，有的鸽虽然很缺少，而总不能名贵呢；因为这种根本没有短嘴的。鸽得有短嘴！厚厚实实的，小墩子嘴，才好看。

头部以外，就得论羽毛如何了。羽毛的深浅，色的支配，都有一定的。老虎帽的帽长到何处，虎头的黑或紫毛应到胸部的何处，都不能随便。出一个好鸽与出一个美人都是历史的光荣。

身的大小，随鸽而异。羽色单调一些的，像紫箭等，自然是越大越蠢，所以以短小玲珑为贵。像点子与乌什么的，个子大一点也不碍事。不过，嘴儿短，长得娇秀，自然不会发展得很粗大了，所以美丽的鸽往往是小个儿。

大个子的，长嘴儿的，可也有用处。大个子的身强力壮翅子硬，能飞，能尾上戴鸽铃，所以它们是空中的主力军。别的鸽子好看，可供地上玩赏；这些老粗儿们是飞起来才见本事，故尔也还被人爱。长嘴儿也有用，孵小鸽子是它们的事：它们的嘴长，"喷"得好——小鸽不会自己吃东西，得由老鸽嘴对嘴的"喷"。再说呢，喷的时候，老的胸部羽毛便糙了；谁也不肯这么牺牲好鸽。好鸽下的蛋，总被人拿来交与丑鸽去孵，丑鸽本来不值钱，身上糙旧一点也没关系。要作鸽就得美呀，不然便很苦了。

　　有的丑鸽，仿佛知道自己的相貌不扬，便长点特别的本事以与美鸽竞争。有力气戴大鸽铃便是一例。可是有力气还不怎样新奇，所以有的能在空中翻跟头。会翻跟头的鸽在与朋友们一块飞起的时候，能飞着飞着便离群而翻几个跟头，然后再飞上去加入鸽群，然后又独自翻下来。这很好看，假若它是白色的，就好像由蓝空中落下一团雪来似的。这种鸽的身体很小，面貌可不见得美。它有个标帜，即在项上有一小撮毛儿，倒长着。这一撮倒毛儿好像老在那儿说："你瞧，我会翻跟头！"这种鸽还有个特点，脚上有毛儿，像诸葛亮的羽扇似的。一走，便扑喳扑喳的，很有神气。不会翻跟头的可也有时候长着毛脚。这类鸽多半是全灰全白或全黑的。羽毛不佳，可是有本事呢。

　　为养毛脚鸽，须盖灰顶的房，不要瓦。因为瓦的棱儿往往伤了毛脚而流出血来。

　　哎呀！我说"先说鸽子"，已经三千多字了，还没说完！好吧，下回接着说鸽子吧，假若有人爱听。我的题目《小动物们》，似乎也有加上个"鸽"的必要了。

小动物们（鸽）续

老舍

　　养鸽正如养鱼养鸟，要受许多的辛苦。"不苦不乐"，算是说对了。不过，养鱼养鸟较比养鸽还和平一些；养鸽是斗气的事儿。是，养鸟也有时候怄气，可鸟儿究竟是在笼子里，跟别的鸟没有直接的接触。鸽子是满天飞的。张家的也飞，李家的也飞，飞到一处而裹乱了是必不可免的。这就得打架。因此，玩别的小玩艺用不着法律，养鸽便得有。这些法律虽不是国家颁布的，可是在玩鸽的人们中间得遵守着。比如说吧，我开始养鸽子，我就得和四邻的"鸽家"们开谈判。交情好的呢，可以规定：彼此谁也不要谁的鸽；假若我的鸽被友家裹了去，他还给我送回来；我对他也这样。这就免去许多战争。假若两家说不来呢，那就对不起了，谁得着是谁的，战争可就无可避免了。有这样的敌人，养鸽等于斗气。你不飞，我也不飞；你的飞起来，我的也马上飞起来，跟你"撞"！"撞"很过瘾，两个鸽阵混成一团，合而复分，分而复合；一会儿我"拉过"你的来，一会儿你又"拉过"我的去，如看拔河一样起劲。谁要是能"得过"一只来，落在自己的房上，便设法用粮食引诱下来，算作自己的战胜品。可是，俘虏是在房上，时时可以飞去；我可就下了毒手，用弩打下来，假若俘虏不受引诱而要逃走。打可得有个分寸，手法要好，讲究恰好打在——用泥弹——鸽的肩头上。肩头受伤，没有性命的危险，可是失了飞翔的能力。于是滚下房来，我用网接住；将养几天，便能好过来。手法笨的，弹中胸部，便一命呜呼；或是弹子虚发，把鸽惊走，是谓泄气。

"撞"实过瘾，可也别扭，我没法训练新鸽与小鸽了。新鸽与小鸽必须有相当的训练才认识自己的家，与见阵不迷头。那么，我每放起鸽去，敌人也必调动人马，那我简直没有训练新军的机会；大胆放出生手，准保叫人家给拉了去。于是，我得早早的起，敛旗息鼓的，一声不出的，去操练新军。敌人也会早起呀，这才真叫怄气！得设法说和了，要不然简直得出人命了。

哼，说和却不容易。比如我只有三十只能征惯战的鸽，而敌人有八十只，他才不和我开和平会议呢。没办法，干脆搬家吧。对这样的敌人，万幸我得过他一只来，我必定拿到鸽市去卖；不为钱，为是羞辱他。他也准知道我必到鸽市去，而托鸽贩或旁人把那只买回去，他自己没脸来和我过话。

即使没这种战争，养鸽也非养气之道；鸽时时使你心跳。这么说吧，我有点事要出门，刚走到巷口，见天上有只鸽，飞得两翅已疲，或是惊惶不定，显系飞迷了头；我不能漏这个空，马上飞跑回家，放起我的鸽来裹住这只宝贝。有天大的事也得放下。其实得到手中，也许只是只最老丑的糟货，可是多少是个幸头，不能轻易放过。养鸽的人是"满天飞洋钱，两脚踩狗屎"，因为老仰首走路也。

训练幼鸽也是很难放心的事，特别是经自己的手孵出来的。头几次飞，简直没把握，有时候眼看着你自己家中孵出的幼鸽，飞到别家去，其伤心不亚于丢失了儿女。

最难堪的是闹"鸦虎子"。"鸦虎子"是一种小鹰，秋冬之际来驻北平，专欺侮鸽子。在这个时节，养鸽的把鸽铃都撤下来，以免鸦虎闻声而来，在放鸽以前，要登高一望，看空中有无此物。及至鸽已飞起，而神气不对，忽高忽低，不正经着飞，便应马上"垫"起一只，使大家落下，以免危险；大概远处有了那个东西。不幸而鸦虎已到，那只有跺脚，而无办法。鸦虎子捉鸽的方法是把鸽群"托"到顶高，高得几乎像燕子那么小了，它才绕上去，单捉一只。它不忙，在鸽群下打旋，鸽们只好往高处飞了。越飞越高，越飞越乏；然后鸦虎猛的往高处一钻，鸽已失魂，紧跟着它往下一"砸"，群鸽屁滚尿流，一直的往下掉。可是鹞虎比它们快。于是空中落下一些羽毛，它捉住一只，找清静地方去享受。其余的幸得逃命，不择地而落，不定都落到哪里去呢！幸而有几只碰运气落在家中的房上，亦只顾喘息，如呆如痴，非常的可怜。这个，从始至终，养鸽的是目不敢瞬的看着；只是看着，一点办法没有！鹞虎已走，养鸽的还得等着，等着失落的鸽们回来。一会儿飞回来一只，又待一会儿又回来一只。可是等来等去，未必都能回来，因惊破了胆的鸽是很容易被别家得去的。检点残军，自叹晦气，堂堂七尺之躯会干不过个小小的鹞虎子！

普通的飞法是每天飞三次，每飞一次叫作"一翅儿"。三次的支配大概是每日的早晚中三时，这随天气的冷暖而变动。夏日太热，早晚为宜，午间即不放鸽；冬日自然以午间为宜，因为暖和些。夏天的鸽阵最好看，高处较凉一些，鸽喜高飞；而且没有鹞虎什么的，鸽飞得也稳；鹞虎是到别处去避暑了。每要飞一翅儿，是以长竿——竿头拴些碎布或鸡毛——一挥，鸽即飞起。飞起的都是熟鸽，不怕与别家的"撞"。其中最强者，尾系鸽铃，为全军奏乐。飞起来，先擦着房，而后渐次高升，以家中为中心来回的旋转。鸽不在多少，飞起来讲究尾彩配合得好，"盘儿"——即鸽阵——要密，彼此的距离短而旋转得一致。这样有盘儿有精神，悦目。盘儿大而松懈，东一个西一个的乱飞，则招人讥诮。当盘儿飞到相当的时间，则当把生鸽或幼鸽掷于房上，盘儿见此，则往下飞。如欲训练生鸽或幼鸽，即当盘儿下落之际续入，随盘儿飞转几圈，就一齐落于房上，以免丢失。以一鸽或二鸽掷于房上，招盘儿下来，叫作"垫"。

老鸽不限于随盘儿飞，有时被主人携到十数里之外去放，仍能飞回来。有时候卖出去，过一两月还能找到了老家。

养鸽的人家，房脊上摆琉璃瓦两三块，一黄二绿，或二绿一黄，以作标帜。鸽们记得这个颜色与摆法，即不往生地方落。

新鸽买来，用线拢住翅儿，以防飞走。过几天，把翅儿松开些，使能打扑噜而不能高飞，掷之房上，使它认识环境。再过几天，看鸽性是强烈还是温柔而决定松绑的早晚。老鸽绑的日久，幼鸽绑的期短。松绑以后，就可以试着训练了。

鸽食很简单，通常都用高粱。到换毛的时候或极冷的时候才加些料豆儿。每天喂鸽最好有一定的次数。

住处也不须怎么讲究，普通的是用苇扎成个栅子，栅里再砌起窝来，每一窝放一草筐，够一对鸽住的。最要紧的是要干燥和安全。窝门不结实，或砌的不好，黄鼠狼就会半夜来偷鸽吃。窝干燥清洁，鸽不易得病；如得起病来，传染的很快，那可了不得。

该说鸽市。

对于鸽的食水，我没详说，因为在重要的点上大家虽差不多，可是每人都有自己的手法，不能完全相同；既是玩吗，个人总设法证明自己的方法最好。谈到鸽市，规矩可就是普通的了，示奇立异是行不通的。

在我幼时，天天有鸽市。我记得好像是这样：逢一五是在护国寺的后身，二六是在北新桥，三是土地庙，四是花市，七八是西城车儿胡同，九十是隆福寺外。每逢一五，是否在护国寺后身，我不敢说准了；想了半天，也想不起来。

鸽贩是每天必上市的。他们大约可分三种：第一种是阔手，只简单的拿着一个鸽笼，专买卖中上等的鸽子。第二种，挑着好几个笼，好歹不论，有利就买就卖。第三种是专买破鸽，雏鸽与鸽蛋——送到饭庄当菜用。我最不喜欢这第三种，鸽子一到他们手里就算无望了。顶可怜是雏鸽，羽毛还没长全，可是已能叫人看出是不成材料的货，便入了死笼。雏鸽哆嗦着，被别的鸽压在笼底上，极细弱的叫着！再过几点钟便成了盘中的菜了。

此外，还有一种暗中作买卖而不叫别人知道的，这好像是票友使黑杵，虽已拿钱而不明言。这种人可不甚多。

养鸽的人到市上去，若是卖鸽，便也是提笼。若是去买鸽，既不知准能买到与否，自然不必拿着笼去。只去卖一二只鸽，或是买到一二只，既未提笼，就用手绢捆着鸽。

买鸽的时候，不见得准买一对。家中有只雄的，没有伴儿，便去买只雌的；或者相反。因此，卖鸽的总说"公儿欢，母儿消"。所谓"欢"者，就是公鸽正想择配，见着雌的便咕咕的叫着追求。所谓"消"者，是雌鸽正想出嫁，有公鸽向她求爱，她就点头接受。买到欢公或消母，拿到家中即能马上结婚，不必费事。欢与消可以——若是有笼——当面试验。可是，市上的鸽未必雄的都欢，雌的都消。况且有时两雄或两雌放在一处而充作一对儿卖。这可就得看买主的眼睛了。你本想去买一只欢公，而市上没有；可是有一只，虽不欢，但是合你的意。那么，也就得买这一只；现在不欢，过几天也许就欢起来。你怎么知道那是个公的呢？为买公鸽而去，却买了只母的回来，岂不窝囊得慌！市上是不甚讲道德的，没眼睛的就要受骗。

看鸽是这样的：把鸽拿在左手中，拢着鸽的翅与腿，用右手去托一托鸽的胸。鸽在此时，如瞪眼，即是公；眨眼的，即是母。头大的是公，头小的是母。除辨别公母，鸽在手中也能觉出挺拔与否。真正的行家，拿起鸽来，还能看出鸽的血统正不正来，有的鸽，外表很好，而来路不正，将来下蛋孵窝，未必还能出好鸽。这个，我可不大深知；我没有多少经验。

看完了头部，要用手捋一捋鸽翅，看翅活动与否，有力没有，与是否有伤——有的鸽是被弩弹打过而翅子僵硬不灵的。对于峰、尾，都要吹一吹，细看看；恐怕是假作的。都看好了，才讲价钱。半日之中，鸽受罪不少。所以真正好鸽，如鸽市上去卖，便放在笼内，只准看，不准动手。这显着硬气，可是鸽子的身分得真高；假如弄只破鸽而这么办，必会被人当笑话说。还有呢，好鸽保养的好，身上有一层白霜，像葡萄霜儿那样好看，经手一摸，便把霜儿蹭了去；所以不许动手。可是好鸽上市，即使不许人动，在笼中究竟要受损失，尾巴是最易磨坏的。所以要出手好鸽往往把买主请到家中来看，根本不到市上去。因此，市上实在见不着什么值钱的鸽子。

关于鸽，我想起这么些儿来，离详尽还远得很呢。就是这一点，恐怕还有说错了的地方；二十多年前的事是不易老记得很清楚的。

现在，粮食贵，有闲的人也少了，恐怕就还有养鸽的也不似先前那样讲究了。可是，这也没什么可惜。我只是为述说而述说，倒不提倡什么国鸟国鸽的。

鸽子就叫做鸽子

邓拓

前些日子从石家庄到上海之间的传信鸽比赛消息，曾经引起了许多人的注意。我接触到一些朋友似乎因此特别喜欢鸽子，都打算养一对美丽的小鸽子加以训练，并且创造了几个很好听的称呼，准备送给他们的鸽子。这些新的称呼是"和平信使""航空邮差""飞天信使"，还有"长途邮递员"。将来他们恐怕还要创造出更多更好听的名称，也说不定。

这倒引起我的许多感想来了。我国古代的人已经给鸽子起过不少名称。如五代王仁裕的《开元天宝遗事》中有一段记载说：

> 张九龄少年时，家养群鸽。每与亲知书信往来，只以书系鸽足上，依所教之处飞往投之。九龄目之为飞奴。时人无不爱讶。

大家可能对于张九龄都很熟识吧。读过《唐诗三百首》的人都会背诵："海上生明月，天涯共此时。情人怨遥夜，竟夕起相思。"这就是张九龄的诗句。他是唐代非常有才干、有远见的政治家和诗人。最早使用鸽子传书的就是他；"飞奴"则是他送给鸽子的最早的一个爱称。

后来又有人别出心裁，创造了另外的名称送给鸽子。如宋代陶毂的《清异录》中记载了如下两例："豪家少年尚畜鸽，号半天娇；又以其蛊惑过于娇女艳妖，呼为插羽佳人。"这里所说的"半天娇"和"插羽佳人"当然更比"飞奴"的名称艳丽多了。

但是，为什么要给鸽子起这么多奇怪的名称呢？这难道不是一些文人的无聊把戏吗？本来鸽子只有汉语和梵语的两个名称是最普通的。据李时珍在《本草纲目》中的解释，"鸽名鹁鸽者从其声也"，"梵书名迦布德迦"。这就是说，汉语称为鹁鸽，是按照鸽子叫的声音而定的；印度的梵语则称为"迦布德迦"。外来的名称也可以不去管它，我们只用鹁鸽不是很好吗？或者干脆就叫鸽子也很好，何必又要起那么多名称呢？

有人说，"起名儿"是一种"专门学问"，要根据对象的性格特征和它所起的作用来命名。我不知道这能不能算做这一门学问，但是即便承认起名儿要有一点学问，也不必要起那么多名儿。因为人们对鸽子的性格可以有种种看法，对它的使用也可以有种种不同。有的书上说鸽子"性最淫"，有的说它"性最驯"；有的说它"温柔"，有的又说它"矫健"，根本没有一定的标准。人们在世界和平运动中把鸽子作为和平的象征，因此叫它做"和平鸽"；但是，同时在外国军队中又常常拥有大量的"军用鸽"。这些所谓"和平鸽""军用鸽"等等，实际上都不能算是名称的不同。名称都是"鸽"，只是形容词不同罢了。这也证明事物的名称即便相同，而用途也仍然会有所不同，正如科学可以用于和平，也可以用于战争一样。

其实，鸽子的用途还有许多种，不可能都按照它们的用途，分别起各种不同的名称。明代都印在《三余笔》中说：

北人以鹁鸽贮葫芦中，悬之柳上，弯弓射之。矢中葫芦，鸽辄飞出，以飞之高下为胜负。往往会于清明端午，名曰射柳。

如果对每一种用途的鸽子都要起一个名称的话，那末，这种用途的鸽子难道就应该叫做"射柳鸽"吗？而且，照这样推论下去，鸽子的名称恐怕就多得很了。比如，李时珍在《本草纲目》中说："人马久患疥，食白鸽肉立愈"，"用白花鸽一只，切作小片煎之，可治消渴"，"以白鸽煮炙，饲儿，以毛煎汤浴之，可解痘毒"。难道这些药用的鸽子都非另起名儿不成？

归根到底，凡物有其本名，有一定的含义，人们都很熟悉了，就不要标新立异，杜撰新名。所以鸽子也不需要那许多希奇古怪的名称，鸽子就叫做鸽子好了。谁要是高兴给自己心爱的小鸽子起一个小名儿，作为一种爱称，当然可以自由。但是请务必注意，不要用小名儿代替了鸽子的通称，以免使人莫名其妙，造成混乱。

养金鱼

周瘦鹃

往时一般在名利场中打滚的人，整天的忙忙碌碌，无非是为名为利，差不多为了忙于争名夺利，把真性情也汩没了。大都市中，有的人以为嫖赌吃喝，可以寄托身心，然而这是糜烂生活的一环，虽可以麻醉一时，未免取法乎下了。

现在新社会中，大家忙于工作，不再是为名为利，大都是为国为民；然而忙得过度，未免影响健康，总得忙里偷闲，想个调剂精神的方法，享受一些悠闲的情趣，我以为玩一些花鸟虫鱼，倒是怪有意思的。说起花鸟虫鱼，也正浩如烟海，要样样玩得神而明之，谈何容易。单以蓄养金鱼而论，此中就大有学问，决不是粗心浮气的人，所能得其奥秘的。

我在对日抗战以前，首经死心塌地地做过金鱼的恋人，到处搜求稀有的品种、精致的器皿，并精研蓄养与繁殖的法门，更在家园里用水泥建造了两方分成格子的图案式池子，以供新生的小鱼成长之用，可谓不惜工本了。当时所得南北佳种，不下二十余品，又为了原名太俗，因此借用词牌、曲牌做它们的代名词，如朝天龙之"喜朝天"，水泡眼之"眼儿媚"，翻鳃之"珠帘卷"，堆肉之"玲珑玉"，珍珠之"一斛珠"，银蛋之"瑶台月"，红蛋之"小桃红"，红龙之"水龙吟"，紫龙之"紫玉箫"，乌龙之"乌夜啼"，青龙之"青玉案"，绒球之"抛球乐"，红头之"一萼红"，燕尾之"燕归梁"，五色小兰花之"多丽"，五色绒球之"五彩结同心"等，那时上海文庙公园的金鱼部和其他养金鱼的人们都纷纷采用，我也沾沾自喜，以为我道不孤。

古人以文会友，我却以鱼会友，因金鱼而结识了好多专家，内中有一位号称金鱼博士的吴吉人兄，尤其是我的高等顾问，我那陈列金鱼的专室"鱼乐国"中，常有他的踪迹；他助我搜罗了不少名种，又随时指示我养鱼的经验，使我寝馈于此，乐而忘倦。明代名士孙谦德氏作《朱砂鱼谱》，其小序中有云："余性冲澹，无他嗜好，独喜汲清泉养朱砂鱼，时时观其出没之趣，每至会心处，竟日忘倦。惠施得庄周非鱼不知鱼之乐，岂知言哉！"我那时的旨趣，正与孙氏一般无二，虽只周旋于二十四缸金鱼之间，而也深得濠上之乐的。

不道"八一三"日寇进犯，苏州沦陷，我那二十四缸中的五百尾金鱼，全都做了他们的盘中餐，好多年的心血结晶，荡然无存，第二年回来一看，触目惊心，曾以一绝句志痛云："书剑飘零付劫灰，池鱼殃及亦堪哀。他年稗史传奇节，五百文鳞殉国来。"虽说以五百金鱼之死，比之殉国，未免夸大，然而它们都膏了北海道蛮子的馋吻，却是铁一般的事实。胜利以后，因名种搜罗不易，未能恢复旧观，而我也为了连遭国难家忧，百念灰冷，只因蜗居爱莲堂前的檐下挂着一块"养鱼种竹之庐"的旧额，不得不置备了五缸金鱼，略事点缀，可是佳种寥寥，无多可观，我也听其自生自灭，再也不像先前的热恋了。

再谈养金鱼

周瘦鹃

我在皖南避寇，足足有三个多月，天天苦念故乡，苦念故园，苦念故园中的花木；先还没有想到金鱼，有一天忽然想到了，就做了十首绝句：

　　吟诗喜押六鱼韵，鱼鲁常讹雁足书。苦念家园花木好，愧无一语到金鱼。

　　五百锦鳞多俊物，词牌移借作名标。翻鳃绝似珠帘卷，紫种宛然紫玉箫。

　　杨柳风中鱼诞子，终朝历碌换缸来。鱼人邪许担新水，玉虎牵丝汲井回。（母鱼生子时，因水味腥秽，必须常换新水。）

　　盆盎纷陈鱼乐国，琳琅四壁画金鱼。难忘菊绽花如海，抗礼分庭独让渠。（小园中陈列金鱼的一屋，名鱼乐国，四壁都张挂着名家所画的金鱼，每年秋季，苏州公园中举行鱼菊展览会，金鱼与菊花并列。）

　　五色文鱼多绝丽，云蒸霞蔚似丝缧。登场鲍老堪相拟，簇锦团花着绣袍。

　　珠鱼原是珠江种，遍体莹莹珠缀肤。妙绝珠帘朱日下，一泓碧水散珍珠。

　　珍鱼矫矫生幽燕，紫贝银鳞玉一团。媲美仙葩差不愧，嘉名肇锡紫罗兰。（北方有一种身有紫斑的金鱼，俗称紫兰花，我爱花中的紫罗兰，因以为名。）

　　沙缸廿四肩差立，碧藻绯鱼映日鲜。绝忆花晨临渌水，闲看鱼乐小游仙。

　　朝朝饲食常临视，为爱清漪别绿苔。却喜文鳞俱识我，落花水面唤嗫来。（缸边易生绿苔，积得厚了，必须刷去。）

　　铁蹄踏破纷华梦，车驾仓皇出古吴。未识城门失火后，可曾殃及到池鱼。

　　不料后来回到故园探望时，金鱼果然殃及，只索望缸兴叹；并且连我最爱的一个捷克制的玻璃金鱼缸也给毁了。这缸是作四方形的，下面有一个镂花的铜盘，两旁有两个瓜棱形的火黄色的玻璃管，当中可以通电放光，柱顶各立一个裸体女子，全身涂金，张开了两臂，相对作跳下水去的模样；我曾两次陈列在公园里的鱼菊展览会中，养着两尾五色的珍珠鱼，映着电光，分外地美丽，参观的群众，都啧啧赞美，至今我还忘不了它。

前人对于养金鱼的器具，原有很讲究的；像元代的燕帖木耳，在私邸中造一座水晶的亭子，四面以水晶作壁，珊瑚作栏杆，装了清水进去，养着许多五色鱼，再将绿藻、红荷、白蘋等作点缀，真的光怪陆离，美观极了。清代的宰相和珅，有一只琥珀雕成的书案，方广二尺，嵌以水晶，下面有一抽屉，也是水晶的，约高三寸，装了水养金鱼，配着碧绿的水藻，自觉尽态极妍。对日抗战以前，我曾在阔街头巷的网师园中，瞧见一只杨妃榻上的炕几，四周用紫檀精雕作边框，嵌着很厚的玻璃，四面和底层是瓷质的，画着无数的金鱼和绿藻，据说是乾隆时代的制作，也是作养金鱼之用的。前人对于玩好方面，真是穷奢极欲，现在可没有这一套了。

养金鱼的风气，宋代即已有之，苏老泉诗中曾有"朱鬣金鳞漫如染"之句，可作一证。不过他们大半是养在池塘里的。到了清代，就有把金鱼养在瓶里的了，如陈其年咏金鱼的《鱼游春水》一词中，有"浅贮空明翡翠瓶，小唼瀊溜桃花水。蹙锦裁斑，将霞漾绮"之句。又龚蘅圃有《过龙门》一词：

脂粉旧香塘，影蘸丝杨。花纹不数紫鸳鸯。一种藻鳞金色嫩，三尾拖凉。

　　蔽日有青房，翠网休张。池星密处惯迷藏。雨过满奁真个似，濯锦秋江。

这又是咏池塘中的金鱼了。我也有一阕《行香子》词，咏池中金鱼，词云：

　　浅浅春池。藻绿鱼绯。看翩翩倩影参差。银鳞鳃展，朱鬣鳍歧。是瑶台月，珠帘卷，燕双飞。（银蛋、翻鳃、燕尾，三种金鱼的别名。）

　　碧眸流媚，彩衣轩举，衬清漪各逞娇姿。香温茶熟，晴日芳时。好听鱼喁，观鱼跃，逗鱼吹。

我的金鱼本来都是养在黄沙缸里的，只因春间生子太多，就分了一部分到梅丘下的荷花池中去，所以池中也做了金鱼的殖民地了。今春为了给各地来宾增加兴趣起见，特地在原有的五缸外，添了三缸，排成一朵带柄的梅花的式样，养了八种金鱼，中如五色的蛋种和五色的珍珠鱼，最为富丽；可惜今年多雨，红虫难觅，每天只吃些浮萍绿子，所以不能繁殖了。

金鱼

周作人

我觉得天下文章共有两种，一种是有题目的，一种是没有题目的。普通做文章大都先有意思，却没有一定的题目，等到意思写出了之后，再把全篇总结一下，将题目补上。这种文章里边似乎容易出些佳作，因为能够比较自由地发表，虽然后写题目是一件难事，有时竟比写本文还要难些。但也有时候，思想散乱不能集中，不知道写什么好，那么先定下一个题目，再做文章，也未始没有好处，不过这有点近于赋得，很有做出试帖诗来的危险罢了。偶然读英国密伦（A.A.Milne）的小品文集，有一处曾这样说，有时排字房来催稿，实在想不出什么东西来写，只好听天由命，翻开字典，随手抓到的就是题目。有一回抓到"金鱼"，结果果然有一篇《金鱼》收在集里。我想这倒是很有意思的事，也就来一下子，写一篇《金鱼》试试看，反正我也没有什么非说不可的大道理，要尽先发表，那么来做赋得的咏物诗也是无妨，虽然并没有排字房催稿的事情。

　　说到金鱼，我其实是很不喜欢金鱼的，在豢养的小动物里边，我所不喜欢的，依着不喜欢的程度，其名次是叭儿狗，金鱼，鹦鹉。鹦鹉身上穿着大红大绿，满口怪声，很有野蛮气，叭儿狗的身体固然太小，还比不上一只猫（小学教科书上却还在说，猫比狗小，狗比猫大！），而鼻子尤其耸得难过。我平常不大喜欢耸鼻子的人，虽然那是人为的，暂时的，把鼻子耸动，并没有永久的将它缩作一堆。人的脸上固然不可没有表情，但我想只要淡淡地表示就好，譬如微微一笑，或者在眼光中露出一种感情，——自然，恋爱与死等可以算是例外，无妨有较强烈的表示，但也似乎不必那样掀起鼻子，露出牙齿，仿佛是要咬人的样子。这种嘴脸只好放到影戏里去，反正与我没有关系，因为二十年来我不曾看电影。然而金鱼恰好兼有叭儿狗与鹦鹉二者的特点，它只是不用长绳子牵了在贵夫人的裙边跑，所以减等发落，不然这第一名恐怕准定是它了。

　　我每见金鱼一团肥红的身体，突出两只眼睛，转动不灵地在水中游泳，总会联想到中国的新嫁娘，身穿红布袄裤，扎着裤腿，拐着一对小脚伶俜地走路。我知道自己有一种毛病，最怕看真的，或是类似的小脚。十年前曾写过一篇小文曰《天足》，起头第一句云："我最喜欢看见女人的天足。"曾蒙友人某君所赏识，因为他也是反对"务必脚小"的人，我倒并不是怕做

236

野蛮，现在的世界正如美国洛威教授的一本书名，谁都有"我们是文明么"的疑问，何况我们这道统国，剐呀割呀都是常事，无论个人怎么努力，这个野蛮的头衔休想去掉，实在凡是稍有自知之明，不是夸大狂的人，恐怕也就不大有想去掉的这种野心与妄想。小脚女人所引起的另一种感想乃是残废，这是极不愉快的事，正如驼背或脖子上挂着一个大瘤，假如这是天然的，我们不能说是嫌恶，但总之至少不喜欢看总是确实的了。有谁会赏鉴驼背或大瘤呢？金鱼突出眼睛，便是这一类的现象。另外有叫做绯鲤的，大约是它的表兄弟罢，一样的穿着大红棉袄，只是不开衩，眼睛也是平平地装在脑袋瓜儿里边，并不比平常的鱼更为鼓出，因此可见金鱼的眼睛是一种残疾，无论碰在水草上时容易戳瞎乌珠，就是平常也一定近视的了不得，要吃馒头末屑也不大方便罢。照中国人喜欢小脚的常例推去，金鱼之爱可以说宜乎众矣，但在不佞实在是两者都不敢爱，我所爱的还只是平常的鱼而已。

想象有一个大池，——池非大不可，须有活水，池底有种种水草才行，如从前碧云寺的那个石池，虽然老实说起来，人造的死海似的水洼都没有多大意思，就是三海也是俗气寒伧气，无论这是哪一个大皇帝所造，因为皇帝压根儿就非俗恶粗暴不可，假如他有点儿懂得风趣，那就得亡国完事，至于那些俗恶的朋友也会亡国，那是另一回事。如今话又说回来，一个大池，里边如养着鱼，那最好是天空或水的颜色的，如鲫鱼，其次是鲤鱼。我这样的分等级，好像是以肉的味道为标准，其实不然。我想水里游泳着的鱼应当是暗黑色的才好，身体又不可太大，人家从水上看下去，窥探好久，才看见隐隐的一条在那里，有时或者简直就在你的鼻子前面，等一忽儿却又不见了，这比一件红冬冬的东西渐渐地近摆来，好像望那西湖里的广告船（据说是点着红灯笼，打着鼓），随后又渐渐地远开去，更为有趣得多。鲫鱼便具备这种资格，鲤鱼未免个儿太大一点，但他是要跳龙门去的，这又难怪他。此外有些白鲦，细长银白的身体，游来游去，仿佛是东南海边的泥鳅龙船，有时候不知为什么事出了惊，拨剌地翻身即逝，银光照眼，也能增加水界的活气。在这样地方，无论是金鱼，就是平眼的绯鲤，也是不适宜的。红袄裤的新嫁娘，如其脚是小的，那只好就请她在炕上爬或坐着，即使不然，也还是坐在房中，在油漆气芸香或花露水气中，比较地可以得到一种调和，所以金鱼的去处还是富贵人家的绣房，浸在五彩的磁缸中，或是玻璃的圆球里，去和叭儿狗与鹦鹉做伴侣罢了。

　　几个月没有写文章，天下的形势似乎已经大变了，有志要做新文学的人，非多讲某一套话不容易出色。我本来不是文人，这些时式的变迁，好歹于我无干，但以旁观者的地位看去，我倒是觉得可以赞成的。为什么呢？文学上永久有两种潮流，言志与载道。二者之中，则载道易而言志难。我写这篇赋得金鱼，原是有题目的文章，与帖括有点相近，盖已少言志而多载道欤。我虽未敢自附于新文学之末，但自己觉得颇有时新的意味，故附记于此，以志作风之转变云耳。

附 录

作家小传

冯骥才（1942—　），作家、文化学者。生于天津。以小说名世，尤以写知识分子和天津近代历史故事见长，著有《俗世奇人》等。

季羡林（1911—2009），东方学大师、语言学家、文学家、佛学家。山东清平康庄（今属临清）人。北京大学终身教授、副校长，中国科学院哲学社会科学部委员。精通12国语言。

席慕蓉（1943—　），诗人、画家、散文家。蒙古族。书写乡愁、爱情，文笔淡雅。

梁实秋（1903—1987），散文家、翻译家、文学评论家、莎士比亚研究专家。文风被称为"雅舍体"，随想随写，不拘篇章。

丰子恺（1898—1975），画家、文学家、美术和音乐教育家。浙江桐乡人。文笔隽永清朗，被誉为"现代中国最像艺术家的艺术家"。

宗璞（1928—　　），作家，本名冯钟璞。祖籍河南，生于北京，系哲学家冯友兰之女。文笔隽永精致，小说《东藏记》获茅盾文学奖。

王鲁彦（1901—1944），乡土小说作家。浙江镇海人。原名王衡，因仰慕鲁迅改名。抗战期间，于贫病交加中逝世。

郑振铎（1898—1958），作家、文学史家。福建长乐（含福州市长乐区）人。曾主编《小说月报》，历任燕京大学、暨南大学等校教授。因飞机失事遇难。

靳以（1909—1959），作家。本名章方叙，天津人。曾任复旦大学教授。曾任《收获》杂志主编。

夏丏尊（1886—1946），作家、出版家。浙江上虞（今绍兴市上虞区）人。1936年被选为中国文艺家协会主席，著有《平屋杂文》《文章作法》等。

徐志摩（1897—1931），"新月派"代表诗人、散文家。浙江海宁人。一生追求"爱""自由"与"美"。

许君远（1902—1962），作家、报人、翻译家。河北安国人。先后担任《大公报》《文汇报》编辑，曾以《益世报》特派员的身份参加联合国成立大会。

许地山（1893—1941），作家、学者。笔名落华生。原籍台湾台南，寄籍福建龙溪（今漳州）。作品有《空山灵雨》《落花生》等。

周作人（1885—1967），散文家、文艺理论家、翻译家，五四时期积极提倡新文学运动，中国民俗学开拓者。鲁迅之弟。散文风格清隽幽雅。

汪曾祺（1920—1997），散文家、剧作家、京派小说代表作家。江苏高邮人。著有《邂逅集》《晚饭花集》《蒲桥集》等。

鲁迅（1881—1936），文学家、思想家和革命家。本名周树人，浙江绍兴人。被誉为"民族魂"。

刘亮程（1962— ），被誉为"20世纪中国最后一位散文家""乡村哲学家"。出生于新疆古尔班通古特沙漠边缘的一个小村庄。著有诗集《晒晒黄沙梁的太阳》，散文集《一个人的村庄》等。

萧红（1911—1942），作家。黑龙江呼兰（今哈尔滨市呼兰区）人。著有长篇小说《呼兰河传》《马伯乐》等。

老舍（1899—1966），作家，被授予"人民艺术家"称号。本名舒庆春，满族，北京人。著有《茶馆》《骆驼祥子》《四世同堂》等。

傅雷（1908—1966），翻译家、作家。江苏南汇（今属上海市）人。其译文被誉为"傅雷体"，华丽细腻，译有《约翰·克利斯朵夫》等。

梁遇春（1906—1932），散文家，其风格另辟蹊径，兼有中西方文化特色。被誉为"中国的伊利亚"。

孙了红（1897—1958），中国侦探小说作家。浙江宁波人。原名咏雪，自号"野猫"，作品有《侠盗鲁平奇案》等。

邓拓（1912—1966），史学家、杂文家、新闻工作者。笔名马南邨。福建闽侯（今福州）人。曾任人民日报社社长兼总编辑、中华全国新闻工作者协会主席等职。著有《燕山夜话》。

周瘦鹃（1894—1968），翻译家、盆景艺术家、鸳鸯蝴蝶派早期代表作家。江苏苏州人。著有《行云集》《花花草草》《花前琐记》等。

出版说明

　　这本书是由爱猫人、爱狗人共同书写的动物趣味散文集。有趣的是，这些爱猫人、爱狗人都是现当代声名远扬的作家、学者，包括作家冯骥才、国学大师季羡林、诗人席慕蓉、茅盾文学奖得主宗璞、散文家刘亮程、莎士比亚研究专家梁实秋、画家丰子恺、京派小说代表作家汪曾祺、文学史家郑振铎、散文家周作人、出版家夏丏尊、作家萧红、翻译家傅雷等。他们书写自己与猫狗等小动物相处的日常点滴，往往于细微处见真情，在平淡处起波澜，让人读来时而忍俊不禁，时而不觉泪下。这些文章不仅是爱与生命的分享，更是动物散文经典之作，相信对学习写作者会有很大启发。

　　考虑到作者写作风格及时代背景，本次出版依照出版惯例，根据权威版本进行校订。编校时尽量保留原作原貌，如"的""地""得"、"他""她""它"、"做""作"等保留原文用法；"发见""凄其""耽忧""脚色""好象"等带有时代特点的词；"伊里查白""西比利亚""撒但"等翻译，凡有源可溯，均予以保留。

　　因编者水平有限，若有错漏处，望诸君指正。

出版说明

　　这本书是由爱猫人、爱狗人共同书写的动物趣味散文集。有趣的是，这些爱猫人、爱狗人都是现当代声名远扬的作家、学者，包括作家冯骥才、国学大师季羡林、诗人席慕蓉、茅盾文学奖得主宗璞、散文家刘亮程、莎士比亚研究专家梁实秋、画家丰子恺、京派小说代表作家汪曾祺、文学史家郑振铎、散文家周作人、出版家夏丏尊、作家萧红、翻译家傅雷等。他们书写自己与猫狗等小动物相处的日常点滴，往往于细微处见真情，在平淡处起波澜，让人读来时而忍俊不禁，时而不觉泪下。这些文章不仅是爱与生命的分享，更是动物散文经典之作，相信对学习写作者会有很大启发。

　　考虑到作者写作风格及时代背景，本次出版依照出版惯例，根据权威版本进行校订。编校时尽量保留原作原貌，如"的""地""得"、"他""她""它"、"做""作"等保留原文用法；"发见""凄其""耽忧""脚色""好象"等带有时代特点的词；"伊里查白""西比利亚""撒但"等翻译，凡有源可溯，均予以保留。

　　因编者水平有限，若有错漏处，望诸君指正。

细听，
有她的声音

《狗之晨》
老舍

郎世宁 绘

东方既明，宇宙正在微笑，
玫瑰的光吻红了东边的云。

民富
而后猫狗肥

《狗》
老舍

郎世宁 绘

我看见小狗的可怜，也就是感到人民的贫穷。

不觉怅惘了
几天

《谈狗》
曹聚仁

郎世宁 绘

人间这一类的小缺恨原
也绵绵无尽期的。

斑锦熊

我爱天下
一切狗

《加德满都的狗》
季羡林

郎世宁 绘

它却坚决宁愿忍饥挨饿，也决不离开我们那破烂的家门口。

狗的眼力总是和它的主人差不了多少

《狗》
梁实秋

郎世宁 绘

有些主人并不以衣裳取人，亦并不以衣裳废人。

你曾经把我从孤
独中救了出来

《爱犬的天堂》
冯骥才

郎世宁 绘

人与狗的情谊原来也可以
同人与人一样深刻吗？

狗的眼力总是和它的主人差不了多少

《狗》
梁实秋

郎世宁 绘

有些主人并不以衣裳取人，亦并不以衣裳废人。

你曾经把我从孤
独中救了出来

《爱犬的天堂》
冯骥才

郎世宁 绘

人与狗的情谊原来也可以
同人与人一样深刻吗？

未与人来
先与狗往

《狗这一辈子》
刘亮程

郎世宁 绘

一条老狗的见识，肯定会让
一个走遍天下的人吃惊。